신神도 주 … 신

당신 …

삶은 … 되었습니다.

강목어 지음

신神도
주지 않은
사랑을 준
당신

CONTENTS

차례

'봄 꽃' .. 새봄으로 다가온 당신..

'여름 비' .. 꽃과 별처럼 서로를 그리워하며..

'가을 길' .. 꽃잎처럼 고운 사랑만은 남았네..

'겨울 눈' .. 흰 눈처럼 가만히 안아주어라..

'그리고.. 사랑' ..
당신이라는 선물, 내 삶도 선물이 되었습니다..

■ 덧붙이는 글.. **사랑, 그 소중함에 대해..**

신神도
주지 않은
사랑을 준
당신

'봄 꽃', 새봄으로 다가온 당신…

당신은 그렇게 사랑으로 왔다..

– 그렇게.. 사랑을 알게 되었다.. 그렇게.. 사랑을 하게 되었다...

원래 나는 사랑을 두려워하는 사람이었다.
나는 사랑 받는다는 것에 익숙하지 않았고,
그 사랑을 지키기에는 너무도 심약한 가슴을 가졌다.

그래서 내가 사랑이라는 감정으로부터..
내 자신을 지키는 유일한 방법은 사랑을 하지 않는 것이었다.

그런데도 당신은 점점 내게 사랑으로 오고 있었다.
그래서 당신을 볼 때마다 나는 두려웠다.
그래서 당신을 만날 때마다 나는 또 두려웠다.

차라리 당신을 미워해 본다.
당신이 싫은 이유를 적어본다.
당신이 나에게 맞지 않는 이유를 찾아본다..
그래도..

그러나..
결국 머릿속에, 가슴속에..
당신은 너무도 달콤한 미소로 나를 흔들리게 한다.

아무리 좋아하지 않아야할 이유를 만들고..
아무리 미워할 이유를 찾아내어 잊으려 해도..
돌아서면 금방 그 사람이 보고 싶고.. 오히려 더 간절히 그리워지는 사람..

문득, 고개 돌리면 어른거리며 나타나는 당신 얼굴이 미워..
더 이상 그리워하지 않겠다고 고개를 가로 저으며 다짐을 하고...
시원한 바람을 맞으려 창문을 열자마자 쏟아지는 햇살..
그 찬란한 햇살..을 보는 순간.. 떠오르는 느낌..
지금 당신과 함께 있다면......

지금 내 옆에 당신이 있었으면 좋겠다……
저 찬란함 속에 그녀와의 입맞춤을 나누고 싶다……

쏟아지는 햇빛을 느끼며 당신에게 전화를 했다.
이제 더 이상 아무리 노력해도 당신을 미워하지 못할지 모른다..
이제 더 이상 아무리 미워해도 당신을 정말 떠날 수 없을지 모른다..

그렇다.. 사랑은 두려움..
그러나.. 사랑은 황홀함..
그렇다.. 사랑은 간절한 그리움..
그러나.. 사랑은 그리운 기쁨..

분명 나는 당신의 사랑을 부담스러워 했었다.
하지만 내가 당신을 부담스럽고 두려워했던 것은..
당신이 미워서가 아니라..
당신이 너무 감동적인 사람이었기 때문..
그냥 당신이 너무 아름다운 사람이었기 때문..

늘 봐오던 그 햇빛조차.. 늘 봐오던 꽃 한 송이조차..
새로움으로.. 행복으로.. 황홀함으로.. 만들어주고..
세상의 모든 날들을 특별함으로.. 바꿔주는 사람이기에..

그래서 그 두려운 사랑조차 감동적으로 만들었던 사람.
그래서 사랑의 두려움조차 잊게 만든.. 당신..

당신은 그렇게 내게.. 사랑으로 왔다.
가슴 떨리는 두려움을 넘어.. 가슴 설레는 사랑으로 왔다.

이제 더 이상.. 사랑이.. 두렵지 않다.
그렇게.. 나는.. 사랑을 알게 되었다..
그렇게.. 나는.. 사랑을 하게 되었다..

당신은 새봄 같은 사람

– 새봄처럼 새로운 날이 시작 되었다

오늘부터는 새로운 날
선물 같은 당신으로 인해
완전히 새롭게 시작된 날

봄볕 같은 당신이 찾아와
새봄처럼 완전히 바뀌기 시작한 날

오늘부터 당신과 함께 하기에
완전히 새로운 날이 시작 되었다

지금까지는 외롭고 우울한 날들이었지만
이제부터는 즐겁고 기쁜 행복의 날

외로움은 함께하는 기쁨으로
우울함은 행복으로 변해버렸지
쓸쓸한 노래보다는 즐거운 노래를 부르고

슬픈 노래보다는 밝은 노래를 듣게 되었지

당신이 내게로 온 다음부터
당신을 떠올리기만 해도 행복해지지

그래서 당신을 생각하는 시간들은
평범한 일상으로도 기쁨이 만들어지지

똑같은 나의 시간들이
모두 새롭게 바뀌어버렸지
그것이 당신이 주는 신기함이지

당신은 똑같은 날들을 새롭게 바꾸어주었지
당신으로 인해 똑같은 날들이 새롭게 바뀌었지

막연한 기다림의 시간들이 아닌

다시 만날 즐거운 기다림으로 바뀌었고

우울한 상념의 시간들은
행복한 상상의 시간들로 바뀌었지

더 이상 고독한 시간이 아니라
다시 볼 수 있는 희망의 시간으로

똑같은 일상의 시간들도 행복하게 바꿔주는
당신으로 인한 마법 같은 시간들

그렇게 당신은 나에게
완전히 새로운 날들을 열어주었지

마치 차갑게 얼었던 대지를
새봄처럼 포근히 녹이듯이
그렇게 당신은 나에게로 왔지

겨우내 쌓인 얼음의 대지에

환한 햇살이 쏟아지고
화사한 봄꽃들이 피어나듯

시린 얼음처럼 굳어있던 내 맘에
찬란한 기쁨의 꽃을 피워 주었지

그래서 당신은 새봄 같은 사람
새봄의 따스한 봄볕 같은 사람

새봄을 열어준 준 사람
새봄으로 다가온 사람

그래서 당신의 사랑은
새봄의 봄꽃 같은 사랑

그래서 당신은
새봄 같은 사람
봄꽃 같은 사람

꽃핀 날..

– 꽃 같은 당신이 꽃처럼 왔다..

꽃핀 날 당신을 만났고..

당신을 만난 날 꽃이 폈다.

오늘은 꽃이 핀 날..

어제와 같은 하루지만..

전혀 다른 설레임으로 시작하는 오늘..

그렇게 꽃핀 새날이 밝았다.

어제는 우울함으로 시작 되었지만..

오늘은 희망으로 시작 되었고..

어제는 쓸쓸함으로 끝났지만..

오늘은 행복함으로 마무리 되었다.

잊혀 지지 않는 그리움을 가슴에 품고

그저 입 다물고 묵묵히 기다렸던 지난 시간들..

이제 정말 여기까지다..

참을 만큼 참았다고..
서러움에 속울음이 복받쳐 나올 때..

믿기지 않게 그 순간 툭 터져버린 꽃망울..
열린 꽃송이와 함께 희망도 기쁨도 모두 열렸다.

그렇게 행복으로 꽃핀 날..
꽃 같은 당신이 나에게로 왔다..
꽃핀 날처럼 기쁨으로 왔다..

어제까지 눈 시린 바람이 불고..
그 바람에 내 마음도 흔들렸었다.

우울하게.. 처량하게..
혼자 하늘만 보며 걷던 날들..
그런 외로움의 날들을 지나 결국 꽃이 피었다.

그리고 당신이 왔다.
꽃핀 날, 당신이 왔다..

기적처럼.. 운명처럼..
꽃 같은 당신이 꽃으로 왔다.

그래서 우리 함께하는 날이 꽃피는 날..
당신을 만날 때면 언제나 꽃이 핀다.

당신과 함께라면 꽃이 핀다.
꽃 같은 당신이 내 가슴에도 꽃을 피운다.

세상의 모든 날들이 비슷하다 하겠지만..
꽃핀 날에는 꽃빛 하늘이 열리는 소중한 날..
세상 구석구석.. 세상 모두에게 꽃물 들이는 날..

꽃 같은 노래.. 꽃 같은 풍경.. 꽃 같은 시간..
당신 꽃으로 세상 모든 것이 꽃 피게 되는 날..

꽃 피어서 좋은날..

꽃처럼 고운 당신이 나에게 꽃 피는 날..

내 마음에도.. 온 세상에도..

연분홍 고운 빛깔로 당신이 꽃 피는 날..

세상 모든 것들을 꽃물 들이며..

꽃 같은 당신이 꽃처럼 왔다.

소년이.. 소녀에게..

– 나이든 소년이.. 나이든 소녀에게..

믿기지 않겠지만.. 당신 덕분에 소년이 되었어요..
당신이 나를 소년으로 봐주는.. 그 순간부터 나는 소년이 되었어요..

저 별들도 깊은 밤이면 돌아갈 곳을 아는데..
나는 갈 곳 모르고.. 밤을 헤맸었지요..
도대체 어디로... 무엇 때문에.. 왜 가야할지를 주저하고 있던..
바로 그때.. 당신을 만났어요..

당신은 말했어요..
'당신은 소년 같은 사람...'

오직 소년처럼 해맑은 네 순수함을 믿고..
그냥 앞만 보고 가라고..
주저하지도 말고.. 걱정하지도 말라고..

본래의 착한 너처럼.. 유쾌하게 웃는 소년처럼 가라고..
돌아보지도 말고.. 두려워하지도 말라고..

소년처럼.. 처음처럼.. 순수하게 가다보면..
더 이상 밤을 헤매지 않고 너의 길을 갈 거라고..

그렇게 당신은 나를 소년으로 만들어준 사람..
원래의 소년으로 되돌아가게 만든 사람..

이제 소년은 아주 오랜만에 소녀에게 편지를 씁니다.

소녀..
하루하루를 만남의 설레임으로 눈 떠지게 만들고..
헤어짐의 아쉬움을 안고 잠들게 하는 사람..

만나고 헤어지면.. 다시금 목소리가 듣고 싶어..

몇 시간을 통화해도.. 차마 끊지 못하고.. 마지못해 끊어도..
또다시 온종일 전화기를 바라보게 만드는 사람..

소녀..
살아 있어 행복하다 느끼게 해주는 사람..
평범한 일상을 특별하게 만들어주는 사람..
순간순간들을 소중하게 꽃칠 해주는 사람..

소녀..
종이비행기를 만들어 날리게 만드는 사람..
유치하면 안 되는 나이에..
그런 유치한 사랑표현을 하게 만드는 사람..

선물 가게를 찾게 만드는 사람..
어디엔가 선물을 놓아두고 찾아가게 만드는 사람..

사랑 노래를 찾아듣게 만드는 사람..
청바지를 입게 만드는 사람..

기타를 튕기게 만드는 사람..

락음악을 부르게 만드는 사람..

발라드를 듣게 만드는 사람..

바로 그런 소녀 덕분에..

나도 소년이 되었습니다.

그렇게 나이든 남자는 소년이 되고..

사추기 소녀는.. 원래 그대로의.. 소녀로..

별들도 밤 세워 사랑 이야기를 나누듯..

밤 세도록 꽃별들의 노래를 들었습니다..

그렇게 당신 덕분에

또다시 소년이 되어

당신이란 소녀를 사랑하게 되었습니다.

당신으로 인해 알았습니다..

– 그냥 함께하는 것만으로도 좋을 수 있음을..

단지 함께하는 것만으로..
다만 바라만 보아도..
좋다는 말을 믿지 않았었지요..

그러나 이제는 함께 하는 것만으로도..
마주 보며.. 그 숨결을 느낄 수 있는 것만으로..
우리 함께하는 것만으로도
좋을 수 있음을 알았습니다.

그냥 함께함을 느끼는 것만으로도..
사랑의 또다른 모습일 수 있음을
당신으로 인해 알았습니다.

열정적인 사랑만이..
뜨거운 사랑만이 사랑이 아니라..
은은한 사랑도 깊은 사랑일 수 있음을...

나이 들면서 알게 되는..
또 다른 사랑의 모습도 그러함을..
그렇게 알게 되었습니다.

많은 말을 하지 않아도..
많은 말을 담고 있음의 의미를..

예쁘게 화장하지 않아도..
아름다운 옷을 입지 않아도..
꽃처럼 웃지 않아도..
꽃향기가 나는 사람이 있다는 것을..
그렇게 알게 되었습니다.

사랑해라는 한마디를 들으려..
유치한 말싸움을 하면서도..
그런 것조차 사랑의 모습임을..

그렇게 알게 되었습니다.

'네가 참 좋다..' 라는 말을..

나도 모르게 하게 만드는..

네가 참 좋다..

그렇게..

'당신이 참 좋다'..

그 미소만으로도 당신을 사랑합니다.

– 단지 그것만으로도.. 당신을 사랑 합니다..

당신은 믿지 않겠지만..
당신은 세상에서 가장 밝은 미소를 가진 사람..
단지 그것만으로도.. 당신을 사랑 합니다.

저 하늘에 빛나는 별은 수만 개이지만..
나에게 희망을 주는 별은 단 하나..

저 대지에 아름다운 꽃은 수없이 많지만..
나의 화분에서 피어나는 꽃은 단 한송이..

이 세상에 웃는 사람들은 너무나 많지만..
나를 위해 미소 짓는 사람은 오직 단 한사람..

이 세상에 좋은 사람들은 너무나 많지만..
나를 바라봐 주는 사람은 오직 단 한사람..
그래서 수억.. 수십억명.. 보다 더 특별한 단 하나..

그래서 수억.. 수십억명.. 보다 더 소중한 단 한명..
오직 나만이 느낄 수 있는 미소를 가진 바로 당신..

아무리 세상에 대단하고 귀한 것들이 많고 많지만..
지금 나와 함께 있고.. 언제나 고운마음으로 바라봐 주고..
항상 나를 아껴주며.. 나의 손을 잡아 주는 그 사람 보다..
더 소중한 것은 그 무엇도 있을 수 없기에..

그냥 환히 웃는 그 미소만으로도..
당신만의 그 밝은 미소만으로도..
단지 그것만으로도.. 당신을 사랑 합니다.

세상 사람들은..
사랑은 늘 달콤하고 감미로워야한다고 말하지만..
당신처럼 밝은 미소를 보여 줄 수 있는 사람이 없어서..
당신보다 아름다운 미소를 가진 사람을 본적이 없기에..
당신만큼 환한 웃음이 잘 어울리는 사람이 없으니까..

봄볕처럼.. 아침햇살처럼.. 산내음처럼..
밝고 따스하고 상쾌하게 환한 그 미소만으로도..
단지 그것만으로도.. 당신을 사랑 합니다.

그런 밝은 미소를 가진 사람과 함께한 것만으로도..
그냥 환히 웃어주는 그 미소만으로도..
언제나 나를 행복하게 만들어주는..
그런 당신을 사랑 합니다..

단지 그 미소만으로도..
당신을 사랑합니다.

세상 모든 날들이 당신을 위한 날들이기에..

– 세상 모든 날들이 당신으로 인해 행복하기에...

더 이상 내 눈을 바라보지 마세요..
당신의 깊은 눈빛에 굳어 버리니까요..

더 이상 나에게 아무 말 하지 마세요..
당신의 고운 목소리에 녹아 버리니까요..

더 이상 나의 손을 잡지 말아주세요..
당신의 부드러운 숨결에 세상이 멈춰 버리니까요..

그럼 도대체 어떻게 하느냐고 묻지만..
당연히 남들은 모를 거예요..

그냥 나만 당신을 바라보고..
그냥 나만 당신을 생각하고..
내 일상 속에서.. 내 마음 속에서.. 내 꿈 속에서..
언제든 당신을 떠올리면 됩니다.

그것으로도 행복 하고 그것만으로도 괜찮아요..
홀로만의 사랑이라고 말 할 수 있지만 그래도 괜찮아요..

이렇게 당신과 함께할 수 있고..
이렇게 당신을 느낄 수 있는 것으로도..
당신이 고마우니까.. 나는 행복 하니까..

혹시라도 이런 내 마음을 몰라도 괜찮습니다..
잠시 나를 잊고 있어도 이해할 수 있습니다..

999일 동안 나를 잊고 있더라도..
단 하루만이라도 내 생각이 난다면 그때 찾아주세요..
그냥 편하게 오세요.. 그래도 괜찮습니다..

어차피 난 당신을 위해서 태어난 사람..
당신을 기다릴 위해 태어난 사람..

그러니 내 생각이 떠오를 때면
그 어느 때라도 괜찮습니다..

그렇게 당신 마음에 그리움이 떠오를 때면
나는 그것으로도 고맙습니다..
단지 그렇게 내 생각 해주는 것으로도..
당신이 고맙고 괜찮습니다..

어차피 내 인생의 모든 날들이..
당신 덕분에 빛날 수 있기에.. 당신 때문에 특별하기에..

최소한 나에게는..
세상 모든 날들이 당신을 위한 날들이기에..
세상 모든 날들이 당신으로 인해 행복하기에..

내 삶에 당신 같은 사람을 만났다는 것만으로도..
당신 같은 사람과 눈빛을 마주했다는 것만으로도..

당신 같은 사람이 손을 맞잡았다는 것만으로도..

나는 고맙습니다.. 나는 행복합니다..

그러니 비록 999일 동안 나를 잊고 있었다 해도..
긴 세월 살다가.. 어느 하루 힘들고 외로울 때..

그렇게 텅 빈 마음으로 쓸쓸할 때..
나를 떠올려 주세요..

그때 또 어제 만난 것처럼.. 아무 말 없이..
당신을 꼭 안아 드리겠습니다..

우리 늘 함께 했던 것처럼
편하게 해드리겠습니다..

어차피 나는 당신을 사랑하기에 살아가는 사람..
세상 모든 날들이 당신을 위한 날들이기에..

마치 운명처럼.. 숙명처럼..
그저.. 당신을 위해..

바보사랑

– 당신이니까 그런 고운 바보사랑을 하지..

바보야.. 사랑이야..
바보 같은 사랑이야..
그것이 바로 사랑이야..

알면서도 모르는 척 해서 바보..
말해도 되는데 말하지 않아서 바보..
이미 다 아는데도 아닌 척 해서 바보..

당신은 사랑의 바보..
당신은 사랑의 못난이..

하지만 미워하지는 않아..
하지만 원망하지도 않아..

그래도 그런 당신이 고마워..
당신이니까 그런 고운 사랑을 하지..

바보같이 착한 당신이니까..
바보처럼 순수한 당신이니까..

그래서 당신은..
바보같이 착한 사람..

그래서 당신은..
바보처럼 고운사랑..

그러니 기다릴께..
그래도 기다릴께..

그래서..
우리사랑 바보사랑..

고백하지 못하는 이유..

– 그래도 나는 괜찮아요.. 당신은 여전히 모를 테니까..

미안해요..

당신이 너무 좋은가 봐요..

머릿속이 하얗게 지워져..

그 어떤 말도 생각나지 않았어요.

그래서 아무 말 못했어요.

미안해요..

당신이 너무 예쁜가 봐요..

가슴만 부풀어 오를 뿐..

뭐라고 도저히 말 할 수 없었어요.

그래서 그 무엇도 말하지 못했어요.

미안해요..

당신이 너무 특별한가 봐요..

설레임으로 떨리기만 할 뿐..
마음이 답답하고 말문이 막혀..
말 하고 싶어도 말 할 수 없었어요.

미안해요..
당신이 너무 고귀한가 봐요..

나만 더 초라하게 느껴질 뿐..
감히 당신에게 다가가기 어려웠어요.
그래서 내 마음 숨길 수밖에 없었어요.

물론 이런 마음 몰라주는 당신이
야속하기도하지만..
그래도 나는 괜찮아요..

아직 고백하지 않았기에..

아직 고백하지 못했으므로..
당신 내 마음 여전히 모를테니까..
당신 아직도 내 마음 모를테니까..

그래서 괜찮아요..
그래도 괜찮아요..
여전히 당신 바라볼 수 있기에..
그저 당신 바라볼 수 있는 것만으로도..

좋아하는 그 마음 계속 숨겨야 해도..
다가서고 싶은 그 마음 더 참는다 해도..

그래도 괜찮아요.. 그래도 괜찮아요..
언제나 고운 당신이니까..
여전히 좋은 당신이니까..

그래 괜찮아.. 오늘도 괜찮아..

– 기다려 주는 당신이 있는데.. 어떻게 괜찮지 않을 건가..

평범하고 평범한 사람이고..
흔하고 흔한 사람으로 살아가지만..

그렇게 평범하고 흔한 사람이기에..
오히려 그런 평범하고 흔한 이유로..
그래 괜찮아.. 오늘도 괜찮아..

무언가 더 특별한 이유로..
고귀하고 대단한 이유 때문에 괜찮다고 말해야만..

그럴듯한 이유라고 사람들이 감탄하고 동조하겠지만..
아주 평범한 이유만으로도.. 괜찮다고 말할 수 있네..

너무도 평범하기에 특별할 수 없지만..
우리 살아감이 대부분 그런 특별하지 않은 평범함이기에..

그런 평범함으로 사는 것이 우리 삶의 모습이기에..
늘 똑같이 평범함이 반복되어도 여전히 오늘도 괜찮아..

그냥 당신이 있으니까..
믿어 주는 당신 있으니까.. 기다려 주는 당신 있으니까..
그래서 다시 시작 하고 싶은 마음이 있으니까..
당신 때문에라도 해야겠다는 마음이 있으니까..
그래 괜찮아.. 오늘도 괜찮아..

아직 나에겐 당신이 함께 있고..
아직 나의 내일은 여전히 희망으로 기다리고 있으니까..

비록 지친 몸으로 돌아올 때라도..
당신은 말했었지.. 괜찮다고.. 잘 해낼 수 있을 거라고..

걱정 말라고.. 좀 더 기다려 보자고.. 다시 해보자고..
언제나.. 늘.. 항상 당신을 믿는다고..

잠시 실패했을 때도..

지금껏 그랬듯이 그렇게 잘 할 거라고..
해 낼 수 있을 거라고.. 힘내라고..
그렇게 위로 해주는 당신..

쉽게 이루어지지 않는 꿈을 꾼다는 걸 알면서도..
그 꿈을 포기하지 말라고 믿어주고 위로해 주는 당신..

그래도 좋다고 말해주는..
그 마음을 지켜주고 싶다는 당신..

그런 당신이 있기에.. 그래 괜찮아..
비록 내세울 것 크게 없지만..

아직 할 수 있다고.. 손 잡아주는 그 사람은 있기에..
다시 해보자고 믿어주고 웃어주는 그 사람은 있기에..
그래 괜찮아.. 오늘도 괜찮아..

오늘도 선한 마음으로 기다려 주는 당신이 있는데..
어떻게 괜찮지 않을 건가..

그런 착하고 고운 당신이 있는데..
어찌 다시 시작하지 않을 수 있을 건가..
어찌 망설이고 주저하고만 있을 건가..

그래 괜찮아..
오늘도 그런 마음으로 다시 시작하는 거야..

지금까지 그렇게 지금까지 잘 견뎌 왔잖아..
지금까지 그렇게 잘 이루어 온 거잖아..

그래 다시 해보자..
믿어주고 함께해주는 당신 얼굴 떠올리며..
그래 괜찮아.. 오늘도 해보자..

언제나 함께해주는 당신이 있으니까..
그래 괜찮아.. 오늘도 괜찮아..

'여름비' ..꽃과 별처럼 서로를 그리워하며..

작은 나무의 고백

– 당신은 햇빛 머금고 나를 견뎌주게 하는 착한 대지..

당신은 때로는 달빛..
부드럽게 안아주며 잔잔히 속삭이는 달빛..

당신은 때로는 단비..
한여름 소나기처럼 마음까지 시원히 적셔주는 단비..

당신은 때로는 바람..
세찬 바람으로 흔들다가도 살갑게 간지럼 치는 바람..

당신은 때로는 강물..
무심히 지나치듯 하면서도 은근히 휘감아 주는 강물..

당신은 때로는 작은 새..
장난스럽게 조잘대고 귀엽게 노래 해주는 작은 새..

당신은 때로는 작은 꽃..

맑고 환한 웃음에 저절로 함께 웃게 만드는 작은 꽃..

나는.. 이런 당신의 여러 가지 모습에..
때로는 웃고 울고,. 때로는 어쩔 줄 몰라 하는..
들판의 작은 나무..

추운 날은 따스함으로.. 더운 날은 시원함으로..
때로는 첫 눈으로.. 때로는 별 빛으로..
때로는 조근 조근.. 때로는 하하 호호..

이렇게 당신은 달빛으로.. 강물로..
작은 새로.. 작은 꽃으로.. 함께하기에..

맑은 날에는 더 환히 웃게 만들고..
흐린 날에는 안아주며 함께 하기에..

가끔 심통 부리는 그 모습조차도..
귀엽고 어여쁜 당신..

그래서 당신의 그날 그 모습에 따라..
내 마음에도 달이 뜨고.. 별이 지고..
바람이 불고.. 꽃이 피고.. 꽃이 지고..

하지만 그래도 당신의 또 다른 모습은..
오늘도 나를 존재하게 만드는 찬란한 햇빛..

생명의 물로.. 강물처럼..
소낙비처럼 적셔주기도 하고..

바람처럼 놀라게 하고..
달빛처럼 안아 주기도 하지만..

늘 변함없이 나를 비춰주는 해맑은 햇빛..

그리고 마지막으로 당신의 참 모습은..

결국은 저 깊고 깊은 대지..
언제나 묵묵히 나를 견뎌주는 대지..

내 뿌리가 자기 속을 파는 아픔을 감내하며..
결국에는 나를 지켜주며 서 있게 만드는 대지..

그래서 결국 당신은 햇빛 머금은 착한 대지..
언제나 말없이 나무를 품어주는 위대한 대지..

세상 가장 위대한 나의 대지..
당신이라는 대지..

낮이면 꽃과 벌처럼.. 밤이면 달과 별처럼..

– 단지 마주 보는 것만으로도 흐뭇해지는 사람..

푸른 바다를 보면 가슴이 후련해지는 것은..
바다가 나에게 무엇을 해줘서가 아니다.

그냥 함께하기만 해도 좋은..
'바다' 곁에 있기 때문이다.

맑은 하늘을 보면 마음이 편안해지는 것은
하늘이 나에게 무엇을 해줘서가 아니다.

그냥 바라보고만 있어도 행복한..
'하늘' 그 자체를 볼 수 있기 때문이다.

바다와 하늘이 그렇듯.. 단지 그것만으로도..
편안함과 행복함을 느끼게 해주는 것은..
함께함만으로도 편안한 안아줌이 되기 때문이다.

그런 푸른바다 처럼.. 맑은하늘 처럼..
그 무언가를 하지 않아도..
단지 그 곁에 함께 있는 것만으로도..
편안함이 되고.. 행복함이 되는 사람..

그 무엇 때문이 아니고..
그냥 당신이라는 그 자체가 좋은 사람..

낮이면 꽃과 별처럼 마주보고..
밤이면 달과 별처럼 함께하며..

굳이 특별한 무언가를 하지 않아도..
서로 함께하는 것만으로도 다정한 사람..
마주 보는 것만으로도 흐뭇해지는 사람..

여름에는 시원한 소나기처럼 다가오고..

겨울에는 포근한 함박눈처럼 안아주는..

그래서 당신과 함께하는 그 순간만큼은..
세상살이 시름 잊고.. 행복한 미소 짓게 만드는 사람..

그와 함께 하는 시간이면..
그 어떤 평범한 것들도 모두 다 특별해지고..

세상 그 어떤 흔한 것들도..
나만의 유일함으로 기억되게 만드는..
신비한 능력을 가진 사람..

결국 그 사람이야말로 살아가는 행복을 주는 사람..
다시 일어서서 세상 속으로 걸어가게 만드는 사람..

꽃과 벌처럼.. 달과 별처럼..
그렇게 바라만 보고 있어도 흐뭇한 사람..
그런 사람이.. 바로 당신이다.

푸른바다 처럼.. 맑은하늘 처럼..

그렇게 함께하는 것만으로도 특별한 사랑..

바로 당신과의 사랑이.. 그런 사랑이다.

낮은 꽃, 늦은 별..

– 그래도 낮은 꽃, 늦은 별만이.. 서로를 안다...

1. 낮은 꽃

바위 아래 응달의
가장 낮은 곳에 혼자 피어
그래도 미소로 산다.

봐주는 사람 하나 없이
홀로 살아도
그래도 웃으며 산다.

외로운 눈물 같은 건
잊은 지 오래지만
그래도 묵묵히 산다.

대답 없는 빈 하늘에
허한 마음 바람결에 흘려보내며

그래도 산다, 오늘도 산다.

2. 늦은 별

가장 늦게, 가장 낮은 곳에 뜬 별
저기 더 낮은 꽃에게 비춰주려고
더 늦게, 더 낮은 곳에 뜬 별

그래서 더 늦게 빛남을
더 낮은 곳에서 빛남을
오히려 소중함으로 안다.

높이 빛나려 하기 보다는
빛나기에 별이 아니라

낮은 곳까지 비춰주기에

별이라고 믿으며

가장 늦게, 가장 낮은 곳에 뜬다.
그래서 늦은 별이다.

3. 낮은 꽃, 늦은 별..

낮은 꽃은 늦은 별을 안다.
낮은 꽃만이 늦은 별의 진심을 안다.

더 이상 그 누구도 이렇게 늦은 별을
기다리고 있지 않은 그때까지..
조용히 비춰주고 있다는 것을..

또 그래서..
늦게 뜬 별만이 알고 있다.

이렇게 늦게까지 기다려야 하기에
낮은 꽃이 차마 지지 않고

끝내 기다고 있음을 안다.

그렇게 낮은 꽃, 늦은 별만이..
서로를 안다.

그렇게 사랑을 안다.
둘만이 사랑을 안다.

그래도.. 사랑을 안다.
그래서.. 사랑을 한다.

단지..
사랑을..
한다..

나는 소낙비.. 당신은 이슬비..

- 오늘은 서로에게 그리움의 비로 내리는.. 다정히 비로 내리는..

나는 소낙비..
당신 외로울까봐.. 온 종일 토닥토닥..
떠들어 주는 푼수 같은 소낙비..

혼자인 밤 외롭다고..
잠 못 드는 당신에게 오래도록 속닥이는 푼수 비..

그래서 당신 미소 지으면..
그것으로 흐뭇한 바보 비..

비록 이것으로라도..
당신 어루만져 줄 수 있다면..
행복한거라 자만하는 못난 비..

당신은 이슬비..
그냥 잔잔히 다가와 그래도 괜찮다며..

다정하게 쓰다듬어주는 고운 이슬비..

늘 내 편으로..
안아주고 들어주는 착한 비..

언제나 별 욕심 없이..
이해해주고 함께해주는 좋은 비..

이런 이슬비와 소낙비가 함께 내리는 날..
세상의 대지들은 말한다..
그래, 오늘은 서로에게 비로 내리는..
너희들에 사랑의 날이다.

그래도..
비록 잘나지는 못했지만..
그 쏟아지는 열정만큼은 멋진 소낙비처럼..

그렇게..
말없이 잔잔하지만..
그 조용함으로 더 아름다운 이슬비같이..

오늘만은..
오늘밤만은..
오직 비들의 날이다..

그러니..
오늘만이라도..
오늘밤만이라도..
오직 비들의 마음을 느껴라..

소낙비.. 이슬비..처럼 진심으로 만나고..
더 사랑하고.. 더 행복해라..

그렇게..
토닥.. 토닥.. 쓰담.. 쓰담..
비가 온다.. 이슬비와 소낙비가 함께 온다..

지금 이 순간..
서로 사랑한 비가 온다..
서로 행복한 비가 온다..

오늘 이렇게..
나의 소낙비.. 당신의 이슬비..
우리 그 비가.. 그리움으로 함께 내린다..

비 내리는 오늘, 당신이 그립다..

– 세상 모든 비를 좋아했던 당신이 그립다..

빗소리를 좋아했던 당신, 비가 오면 꼭 창문을 열어 놓았던 당신..
비가 오는 오늘도 창문을 열어 둔다..
하긴 당신을 만나고부터는 비가 오면 늘 창문을 열었으니까...

그래, 빗소리를 좋아했던 당신은 비가 오면 언제나 창문을 열었었지..
정답게 토박이며 내리는 빗소리가 그리도 정겹다고..
향긋한 비 내음이 그리도 좋다고..

도르륵.. 비가 오면 언제나 창문을 열었었던 당신..
비가 오는 지금도.. 당신의 창문은 열려 있겠지..

오늘도 비가 온다.
비가 오는 지금, 창문을 열었던 당신을 떠올린다..

빗소리 보다는 당신을 사랑 했기에 창문을 열었었지만...
비가 오는 지금.. 여전히 창문을 열어 둔다.
빗속 창밖으로 당신이 떠올리며... 하염없이 빗소리에 젖어있다..

안개비가 내리면 잔잔한 그리움으로 안개처럼 잠겨들 거다..
이슬비가 내리면 아득한 보고픔으로 이슬처럼 슬퍼질 거다..
가랑비가 내리면 가슴을 두드리는 아련함에 아파질 거다..
소낙비가 내리면 밤 세 잠들지 못하고 하염없이 기다리며 외로워질 거다.

세상의 모든 비를 좋아하던 당신 때문에..
비가 올 때 마다 가만히 눈감고 빗소리에 젖어있던 당신 때문에..

그래서 한때는 말했었지..
제발 나에게 비처럼 다가오지 말라고... 두렵다고..
당신이 비처럼 다가오는 것이 나는 두렵다고..

너무도 당신이 좋아한 비였기에..
오히려 단지 비가 내린다는 것만으로도...
아파질 수 있으니까.. 슬퍼질 수 있으니까..

그래서 비가와도 그냥 담담하게 느껴질 수 있는 곳..
그래서 비가와도 당신이 그립지 않은 그곳에서 살고 싶었
었지..

하지만.. 그런 곳은 없었어..
비가 내리지 않는 대지가 없듯...
그 어디에도 당신에 대한 그리움이 내리지 않는 곳은..
아무데도 없었어..

한때는 잊은 줄 알았는데..
비가와도 아프지 않을 줄 알았는데.. 결국은 그립고 보고
픈 건 마찬가지..

삶이란 그런 거다.. 사랑이란 것도 그런 거다..
꼭 그 시기가 지나서야 후회를 하지..
그 사람이 떠나 버린 후에야 후회를 하지..

함께 있을 때는 단지 괜찮은 사람이라고만 생각하다가..
떠난 후에야.. 참 고마운 사람이라는 것을 알게 되지..

그렇게 후회하고, 그렇게 떠나보내는 것이 인생이라지
만..
비가 내리는 오늘..

그래도 떠올릴 수 있는 사람을 만들어 준 당신이 고맙
다..
순수한 그리움을 남겨 준 당신이 고맙다..
세상 모든 비를 좋아했던 당신이 고맙다..

당신을 만날 때의 그 맑은 설레임처럼 비 내리는 오늘..

당신이 좋아하던 그 비가 내리는 오늘..

단비처럼 당신이 고맙다..

첫비처럼 당신이 그립다..

비 오는 날의 약속..

– 비가 올 때마다 지금 이 순간이 떠오를 거라고...

비 오는 날의 그 약속을 여전히 믿는다.

비가 오는 날이면 꼭 함께하자던..
비가 오는 날만이라도 서로를 떠올리자던..
빗속에서 했던 당신의 그 약속을..
여전히.. 언제나.. 나는 믿는다.

그래서 이렇게 비가 오는 밤이면..
우리 함께 하기로 그 약속처럼 당신을 떠올리며..
빗속을 혼자 걷는다.

비가 오는 오늘밤.. 당신도 혼자 걷고 있겠지..
비 오는 날의 그 약속을 떠올리며 혼자 걷고 있겠지..

그 약속이 지켜지는지 아무도 알 수 없지만..
분명 그 비의 약속이 지켜질 것이라 믿는다.

당신은 나보다 더 비를 사랑했던 사람이니까..
언제나 비를 사랑했던 사람이니까..
우리 사랑은 빗속에 시작 되었으니까..

비처럼 흩날리기도 하고,.. 비처럼 잔잔하고..
비처럼 슬프기도 했고.. 비처럼 몰아치기도..
비처럼 촉촉하기도 했으니까..

비가 오는 오늘 밤.. 비와 함께 네가 온다.
이미 떠난 당신이.. 비처럼 내린다.
그 날의 약속을 지키려.. 빗속에 당신이 온다.

빗소리처럼 추적이며 그리운 얼굴로 나에게 온다.
당신도 비가 오는 이 시간 혼자 걷고 있겠지..
하염없이 내리는 저 비를 보며 그때를 떠올리겠지..

빗소리 속에서 당신은 말했었지..
함께 우산을 쓰고 걷고 있는 것만으로도 행복하다고..
지금 이 순간이 가장 행복한 시간이라고..

그 언제까지도 잊지 못할 거라고..
비가 올 때마다 지금 이 순간이 떠오를 거라고..

그때 함께 비를 맞으며 걸었던 길을 홀로 걸으며..
그때 그 그리운 빗속의 시간을 떠올리며..
그때 그 비처럼 당신도 울고 있겠지..

비처럼 울고.. 비처럼 내리다..
작은 우산으로 혼자 쓸쓸히 걷고 있겠지..

미워서 떠나보낸 것이 아니고..
사랑해도 떠나보낼 수밖에 없었다고..
너무나 좋아했지만 아직 어렸기에 어쩔 수 없었다고..
끝내 다하지 못한 말들을 빗속에 흘려보내며..

빗속에 보내기에..
비가 오면 나를 생각하라고..
비가 올 때마다 네 곁에 있을 거라는..
그 약속은 우리 둘만 했는데..

봄꽃조차 그 약속을 기억하듯..
빗속에서 혼자 울고 있는 밤..

아름다운 불빛들이 아무리 은은히 밝혀져도..
홀로 걷는 빗길이 슬픈 것은 어쩔 수 없다.

그나마 다행인건..
그래도 비와 당신과 셋이 함께 걷고 있다는 것..
비 오는 밤이면 혼자지만 함께 라는 것..
비 오는 밤이면 혼자지만 둘이 걷고 있다는 것..
이렇게라도 함께 걸을 수 있다고 느낄 수 있는 것..

당신도 빗속을 혼자 걷고 있을 거니까..
당신에게도 이 비가 눈물처럼 흘러내릴 거니까..
나 혼자 걸어도 외롭기보다는 다행이라 믿으며..
저 하염없이 추적이는 빗길을 걷는다.

비 오는 밤..
당신과 함께 나 혼자 걷는다.

그것이 비 오는 날의 약속..

비 오는 날에.. 빗속의 약속은..
지키지 않을 수 없는 약속이니까..
세상에 비가 사라지지 않는 한..
결코 잊혀지지 않는 약속이니까..

내 삶에 평생을 이어갈..
비 오는 날의 그 약속을 떠올리며..
오늘도 이렇게 빗속을 걷는다.

빗속을 함께했던.. 당신을 기억하며..
지금 이 순간.. 당신과 함께라 믿으며..
비와 함께.. 홀로.. 걷는다.

비가 내리는 이유

– 흘러내리는 비처럼 그 마음 그대로 기억하고 있다는 것..

주룩주룩 비가 내리는 건
오늘은 그리워해도 된다는 것
그 사람도 이 비를 바라볼 거니..

토닥토닥 비가 내리는 건
외로워도 울지 말라는 것
내가 대신 울고 있으니..

추적추적 비가 내리는 건
추억을 생각해 보라는 것
그래도 행복했었던 그때를..

세차게 비가 내리는 건
그때 우리도 세찬 빗줄기처럼
그렇게 간절히 사랑했다는 것

다정이 비가 내리는 건
오늘만큼은 그때를 기억하라는 것
소중했던 그때를 추억해도 된다는 것

하염없이 비가 내리는 건
그리운 그 마음 나도 알고 있으니
아직도 빗줄기 되어 흘러내리고 있으니

오늘 이렇게 비 내리는 날만큼은
그리운 추억들을 떠올려도 된다는 것

이미 세상 속에 열심히 살고 있으니
비가 오는 날 만이라도 그리움에 젖어
그렇게 흘러내려도 된다는 것

그저 흘러내리는 빗방울 바라보며

이제는 괜찮다고.. 그래, 그런 거라고..
빗줄기에 함께 전해 보내도 된다는 것

세상의 비들이 잊지 않고 내려지듯
그렇게 언제나 당신을 기억하고 있으니
이제 그만 행복 하라는 것

그렇게 우리 인생의 비 내리는 날들은
마음의 대지를 여린 빗줄기로 안아주며
순수했던 그 마음 토닥이듯 흘러내린다.

가끔 한 번씩 비 내리는 날에는
잊을 수 없는 소중한 추억을 기억하라고
그때 그 마음 그대로 흘러내린다.

이렇게 비를 느끼는 건
아직 살아있다는 것

이렇게 비와 함께한다는 건

삶의 마음이 여전히 순수하다는 것

그래서 비 내리는 날에는..
비처럼 그리워해도 된다는 것

이렇게 비 내리는 날이라도..
빗줄기 함께 흘러내려도 된다는 것

오늘도 비가 내리는 건
이런 비 내리는 이유를 잊지 말라는 것
비처럼 당신을 기억하는 사람이 있다는 것

그래서 비 오는 날만이라도..
비가 전해주는 그 이야기를 들어주라는 것
빗소리에 담긴 그 노래와 함께 하라는 것

사랑하는 용기

– 사랑하는 용기는.. 진심과 진실 그 자체면 되는 거지..

사랑은 진심을 말할 수 있는 용기
사랑은 진실을 보여줄 수 있는 자신감

사랑을 말하기를 두려워 말고
사랑을 보여주는 것을 피하지 않아야
사랑을 온전히 다 할 수 있는 거지

진실한 마음을 모두 담아내면
그것으로도 이미 좋은 사랑의 마음

그 마음 아끼고 참아야 하는 것이
진실한 사랑이라고 생각할 수도 있지만

더 진지하고 진중해야지만
진짜 사랑이라고 말 할 수도 있지만

그러나 꼭 그러지 않더라도
사랑다운 사랑이 될 수도 있고

가볍고 간지러운 감성 표현으로도
단지 솔직한 진심이라는 것으로도
좋은 사랑이 될 수도 있는 거지..

진심과 진실만 담겨 있으면
그것으로도 이미 사랑인거지..

그래서 사랑하는 용기란..
비록 낯간지러울지라도
진실을 전했다면..

진심을 담았기에..
모두 다 사랑인거지..

그래서 사랑하는 용기는..
진심과 진실 그 자체면 되는 거지..

그렇게 사랑은 진실한 용기지..
그것이 사랑의 용기지..

설령 낯부끄러운 표현이라도
담담히 담아낼 수 있는 진심인 거지

그것이 사랑이지..
사랑의 용기지..

사랑의 행복..

– 당신 덕분에 알게 된 사랑의 행복이란..

새 아침을 시작하는 연둣빛 숲처럼
물안개가 피어오르는 신비의 강처럼

새봄 여린 가지에 내리는 햇살처럼
한여름을 씻어 내리는 소나기처럼

새벽 호수를 펄떡이는 물고기처럼
냇가에 한가로이 노니는 잠자리처럼

겨울밤 함박눈으로 내리는 첫눈처럼
흰 눈 뒤덮인 들판의 순백의 눈밭처럼

아이를 바라보는 엄마의 눈길처럼
첫사랑을 시작한 연인의 설레임처럼

첫 소절만 듣고도 가슴 먹먹해지는 음악처럼

한 구절만 읽어도 마음 잠겨드는 시처럼

평화로운 일요일 아침에 울리는 종소리처럼
처음 손을 잡고 수줍게 걸을 때의 느낌처럼

해바라기 아래에 졸고 있는 강아지처럼
봄 햇살에 졸고 있는 병아리의 나른함처럼

그런 내 인생의 잊지 못할 소중한 기억들처럼..
당신이 내게 느끼게 해 준 사랑의 느낌이란
바로 그런 것들이었다.

당신과 함께했던 사랑의 행복이란
그렇게 잔잔하고 평화로운 것들이었다.

당신 덕분에 알게 된 사랑의 행복이란
바로 그렇게 평화로운 것들이었다.

사랑의 행복은 바로 그런 거였다.

살아 있음을 느끼게 해주고..
살아있음을 감사하게 만드는 것..

그래서 당신과의 사랑에 순간들은
살아 있음을 느끼는 행복이었다.

삶은 단지 축복인 것을..

– 축복 같은 인생, 축복처럼 살아야지.. 축복처럼 사랑해야지..

삶은 우연한 기회에 얻어진
단 한 번의 축복인 것을…

그 소중함을 잊고
너무 어렵게만 생각했던 거야
너무 진지하게만 살았던 거야

비록 우연히 생겨난 인생이지만
그래도 삶은 참 괜찮은 행운이잖아

눈부시게 빛나는 햇살만으로도
푸른 하늘 함께 노니는 바람과 구름
맑은 강과 초록빛 산하를 보는 것으로도

따스한 밥 한끼만으로도
누구 한 사람 함께하는 것만으로도

여기 나 살아있음을 느끼는 것만으로도

이렇게 소중한 것들과
매일매일 함께할 수 있으니..

그렇게 이미 인생은 축복이잖아..
그러니 춤추고 노래하고 사랑만 해도
그것만으로도 인생은 괜찮은 거야..

스스로 만들어 놓은 틀 안에서
억지로 정해놓은 규칙대로만
굳이 자신을 옭아매면서까지

남들에게 보여주려고
신경 쓰지 않아도 될 것까지 고민하며
있는 척, 강한 척, 아닌 척, 대단한척, 근엄한 척

위선과 가식으로 포장해가며
나도 속이고 남도 속이다가..
내가 누구인지 나도 모른 체..
나조차 나를 잊고 살기에는 아까운 거야

지금껏 어디로 가는지..
어디로 가야할지도 모른 체..

몸에 맞지 않는 옷을 입고
끝을 알지도 못하는 길을 향해
숨 막힘 속에서도 막연히 걸었던 거야

그렇게 지나가듯 살다 갈 수도 있지만
그렇게 살다가도 그만인 것이 인생이지만

그래도 축복 같은 인생인건데
그럴 수만은 없는 거잖아..

축복 같은 인생, 축복처럼 살아야지..

행운처럼 얻은 인생, 행복하게 살아야지..

비록 가진 것이 없다고 해도
할 수 있는 것이 별로 없다고 해도
이것저것 가로막힌 것이 많다고 해도

오늘.. 여기.. 지금..
나와 함께 하고 있는 바로 그 사람과..

현재 내가 갖고 있는 것만으로도
지금 할 수 있는 것만으로도
축복 같은 인생을 축복으로 살아야지

저 맑은 하늘아래
저 푸른 강변을 걸으며
시원한 바람과 꽃과 별들을 함께 느끼며

단지 그것만으로도
그렇게 할 수 있는 것만으로도

행복하게 살아야지.. 사랑하며 살아야지..

축복 같은 인생, 축복처럼 살아야지..
축복처럼 사랑해야지..

'가을 길' … 꽃잎처럼 고운 사랑만은 남았네…

귀염둥이 채송화처럼..

– 봄 꽃 보다 더 예쁜 가을 '채송화'처럼..

가을에 피었지만..
봄꽃보다 더 귀여운 '채송화'처럼..

그래서 그 이름만으로 예쁜 채송화처럼..
그 수줍은 꽃잎처럼.. 그 소담한 꽃술처럼..

가을에 피었지만..
봄꽃보다 더 귀여운 채송화처럼..

언제나 작은 미소로 나를 보는 귀염둥이 꽃..
잔잔하면서도 장난기 어린 모습이 더 특별한
미운 귀염둥이 채송화 그 꽃처럼..

때로는 고운 분홍빛..
때로는 어린 노란빛..
때로는 매혹적인 붉은빛..

색다른 얼굴이기에 오히려 더 사랑스런 꽃..

어린듯하지만 어리지 않고..
새침한듯해도 새침하지 않은..
이름조차 간지럽고.. 이름마저 귀여운 채송화..

그래서 더 귀여운데..
그렇게 느껴지는데 어떡하라고..

가을꽃은 고고하고 하늘거리는 것이..
더 아름답고 더 잘 어울린다고 말들 하지만..

그래도 귀여운 건 귀여운 거라고..
마치 미운 귀염둥이처럼..

사랑스러운 건 사랑스러운 거라고..

그래서 봄 꽃 보다 더 예쁜 가을 '채송화'처럼..

낮은 곳에서.. 낮게 피어 더 사랑스럽고..
낮은 곳에서.. 낮게 피어도 밝은 얼굴로..

환하게 웃고 웃기에.. 자연스러운 화사함에..
귀여운 숙녀처럼 느껴지는 '채송화'처럼..

당신만큼 나를 웃게 해준 사람은 없지..
당신만큼 나를 사랑 해준 사람은 없지..

당신만큼 나를 행복하게 해준 사람은 없지..
당신만큼 나를 사랑하게 해준 사람은 없지..

가을에 피었지만..
봄꽃보다 더 귀여운 '채송화'처럼..

당신은 명주(明紬)..

– 당신에게서.. 맑게 빛나기에 더 고운 '명주'를 본다..

너무도 가녀린 명주실..
기나길기에 더더욱 가녀리게 느껴지는 명주실..
하이얀 빛깔이 가녀리다 못해 처연해 보이는 명주실..

그 가녀리고 처연한 명주실이건만..
그 여린 실이라도 만들어 내기 위해..
누에는 자신의 온몸을 바쳐 명주실을 토해냈다.

모든 것을 다 바쳐 명주실을 만들면..
오히려 그 실타래 속에 갇혀 버리고..
수척해질대로 수척해져 누에의 생을 마감한다.

온 삶을 다 바쳐 만들어 냈지만..
남겨진 것은 한없이 가녀린 흰빛의 명주실뿐...

그런 한많은 명주실이 모이고 모여야..

간신히 옷감 한 조각..

옷 한 벌을 만들기는 너무도 부족해..
겨우 겨우 모아야 하얗게 은은한 명주 옷 한 벌..

화려한 비단옷이 되지 못한 수많은 명주실들은..
아프고 가녀린 제 운명을 아는 듯..
담담한 은빛만으로 가만히 감겨져 있다.

당신 역시도 그렇다.
당신은 한없이 가녀리고 여린 사람..
하얀 명주처럼 순수하고 착한 사람..
은은한 명주처럼 수수하게만 살아온 사람..

그러나 나는 당신에게서..
맑게 빛나기에 더 고운 명주를 본다.
비단보다 더 아름다운 명주를 느낀다.

그래서 나도 그렇다..

명주처럼 고운 마음으로 당신과 함께 하고 싶다..

담백하고 은은한 명주 빛으로..
당신 곁에 있고 싶다..

이제 그만 당신이 행복했으면 좋겠습니다..

– 언제나 너무 사랑해주기만 했던 사람이니까요...

당신은 언제나 먼저 사랑을 베풀기만 했던 사람..
그래서 당신은 늘 뒤돌아 혼자 아파했던 사람..

당신은 늘 희생하기만 했던 사람..
그래서 이제 그만 당신도 행복했으면 좋겠습니다.

사랑받기 보다는.. 사랑해 주었기에..
이해받기 보다는.. 이해해 주었기에..

위로받기 보다는 위로해주고..
눈물 흘리기 보다는.. 눈물 닦아주는 사람이었기에..

그래서 이제는 사랑만 받고..
행복하기만한 그런 사람이..
당신이면 좋겠습니다.

이젠 그만 행복하세요..
이미 그동안 너무 많이 아팠으니까요.

언제나 너무 사랑해주기만 했던 사람이니까요.
단지 묵묵히 기다려주기만 했던 사람이니까요.

이제 그런 당신에게 사랑을 알기에
이제 당신이 사랑만 받았으면 좋겠습니다.

이제 당신은 사랑 받을 것입니다
이제 당신에게 사랑받는 일만 남았습니다.

당신 인생에 남은 것은..
오직 사랑 받는 행복뿐입니다.

꼭 그렇게 될 것입니다.

그 어떤 이유가 아니더라도..
그냥 당신은 너무 좋은 사람이니까..
당신은 아주 편한 사람이니까..

이젠 당신이 행복해져야 합니다.
꼭 그렇게 되어야 합니다.
단지.. 당신이니까..

언제나 참 좋은..
당신이니까..

당신이 '나쁜 여자'였으면 좋겠어..

– 그래도 당신을 떠나지 못하는 이유에 대해...

순수하다 못해 천진난만한 미소를 갖고 있는 당신..
그렇게 해맑은 당신의 힘든 모습을 볼 때 마다..
그런 힘겨움이 바로 부족한 내 탓임을 알기에..

차라리 당신이 '나쁜 여자'였으면 좋겠어..
당신은 너무 '착한 여자'야.. 그래서 싫어.. 그래서 더 미안해..

그렇게 '착한 당신'을 힘들게 하는 사람이..
바로 나라는 것을 알기에..

나를 만나지 않았다면.. 더 행복할 당신이란 것을 알면서도..
당신을 행복하게도..
그렇다고 편안하게도 해주지도 못하는.. 못난 남자이기에..

차라리 당신이 '나쁜 여자'였으면 좋겠어..

하필이면 나 같은 못난 남자를 왜 만나서...
이렇게 부족한 남자를 왜 선택해서..
세상 그 누구보다 착한 당신이 힘들게 사는 건지..

그래서 착한 당신을 볼 때 마다 너무 미안해..
그러니 차라리 나를 미워해..

당신에게 조금 더 잘 할 수는 있지만.. 더 잘하면 잘할수록..
나를 미워할 수 없으니... 오히려 당신이 더 힘들어지잖아..

늘 나에게 '나는 괜찮아'.. 라고 말하는 당신..
그러니까.. '나 때문에 아파하지 말라고..' 말하는 당신..

아무리 당신은 괜찮다고 말해도 그로인해 내가 더 미안해..

나 때문에.. 나를 위해..
일부러 고개 숙이지 말라고 말하는 당신 때문에..

미안해하지도 말고.. 서글퍼 하지 말라고 하는.. 당신 때문에..
오히려 내가 더 미안하고.. 더 아파져..

비록 사랑 때문에 아플지라도..
사랑해야할 때.. 사랑하지 않은 것이.. 더 큰 후회라고 말했지만..

설령.. 사랑 때문에 아프고 힘들지라도..
그냥 사랑하고 싶은 만큼 사랑하는 것뿐이...라고..

그런 사랑조차도 나의 선택이라고 당신은 말하지만..
그래도 당신을 보면.. 안쓰럽고.. 미안한 건 어쩔 수 없구나..

내가 무심하다고 서운해 하는 것이 아니라..

오히려 그런 내가 세상살이에 그 어떤 힘든 일이 있었을까봐..
그 힘든 목소리를 더 걱정해 주는 그 누구보다 착한 당신..

그렇기에 당신을 좋아하지 않으려 해도..
도무지 좋아하지 않을 수 없는 사람이기에..
차라리 당신이 '나쁜 여자'였으면 좋겠어...

여전히 이기적이게도.. 내가 덜 아플까봐..
차라리 당신이 그런 '나쁜 여자'면..
그런 당신을 좋아하는 내가 덜 아플까봐..

이래서 언제나 나쁜 남자는 '나'인거야..
이런 '나쁜 남자'를 좋아해주는 당신은 언제나 '착한 여자'이고..

남들이 사랑하는 사람을 자기 울타리에 가두려 할 때..
당신은 사랑하는 사람이 더 높게 날아오르길 진심으로 위해준 사람..

남들이 사랑하는 사람에게서 위로 받으려 할 때..
오히려 당신은 사랑하는 사람을 위로해주며.. 더 안아주었던 사람..

간혹 '힘들지'라고 위로하면..
언제나 '나는 괜찮은데.. 당신이 더 힘든 것 아니야'라며..
항상 못난 내 걱정을 먼저 해주는.. 바보처럼 착한 당신..

그래, 당신은.. 화려하고 멋지게 살아감도.. 부러워하지 않고..
높이 나는 것도.. 멀리 나는 것도.. 부러워하지 않는다.. 했었지..

단지 나와 함께 작은 둥지를 짓고..
그 속에서 평화롭게 살아갈 수 있음만으로도..

그것만으로도 만족한다고..

그것만으로도 행복할 수도 있다고 했었지만..
그런 작은 행복조차도.. 제대로 지켜주지 못하는 못난 남자..

그런 착한 당신 때문에.. 더 미안하고.. 더 죄스러운 '나' 이기에..
그냥 단지 덜 미안하고 싶은.. 이기적인 마음을 가진 나쁜 남자..

그게 바로 나인 것이 싫다.. 그렇게 착한 당신을 힘들게 하는..
못난 내가.. 나쁜 내가.. 아프도록 싫다..
내가 나쁜 사람이 아니라.. 네가 나쁜 사람이었어야 맞는데..
너에게 나만이 나쁜 사람이 되는 내 자신이 밉다..

아직도 여전히 그 무엇도 이루어주지 못하고..
그 무엇으로도 행복하게 만들어주지 못한 사람이기에..
오늘도 너로 인해 아프고.. 너로 인해 슬프지만..

너와 함께하는 시간만큼은.. 언제나 행복하기에...
나로 인해.. 네가 힘든 것을 이미 알고 있지만..
나는 여전히 못난 남자.. 나쁜 남자.. 로 네 곁에 있다..

그러나 당신이 결코 착한 여자임을 포기하지 않는 것을 알기에..
또한 굳이 그것 때문임이 아니라.. 나의 당연한 책무이기에..
나 역시 아직도 포기하지는 않는다.
반드시 당신에게 이루어 주어야할 행복이 남아 있음을..

그래서 아직도 포기하지도 않는다.
당신이 행복해질 그 때가 그리 멀지 않았다는 그 믿음을...

가을의 고백

– 그 언제 보다 더 쓸쓸한 가을이니까..

가을이 말했다.
나는 이제 떠난다고..
당신을 진정 사랑 했다고..

나무도 말했다.
괜찮다고.. 나는 괜찮다고..
그래도 견뎌 낼 거라고..
오래도록 당신을 기억한다고..

하늘이 말했다.
점점 얇은 빛으로 물들어가도...
원래 그런 거라고..
그렇게 잊어 가는 거라고..

그리고 당신도 말했다.
노란 단풍을 가장 좋아했다고..

그래서 함께 떠난다고.. 가을이니까..

가을이니까 떠난다고..
이렇게 떠나는 나를 이해해달라고..

그러나..
나는 아무 말도 하지 않았다.
아무 말도 할 수가 없었다..
나에게도 가을이니까..

비록 떠날 수 있는 가을이고..
가을에는 떠날 수 있다지만..

그 언제 보다 쓸쓸한 가을이니까..
그래도 가을이니까..

가을의 독백..

– 어디서 혼자 이 가을을 걷고 있느냐..

가을은 가을이니까..

독백처럼 가을에게 말한다..

낮에도 쓸쓸하고

밤에도 쓸쓸 하구나..

달과 함께 있어도 쓸쓸하고..

별과 함께 있어도 쓸쓸 하구나..

술과 함께 있어도 쓸쓸하고..

벗과 함께 있어도 쓸쓸 하구나..

저 굳은 대지조차..

저 깊은 하늘조차..

가을에는 쓸쓸하구나..

그 예전 가을이 말했었다..

가을은 원래 그렇게 쓸쓸한 거야..

그래서 내 이름조차 가을이잖아..

가... 을...

봐.. 이름에서도 쓸쓸함이 묻어나잖아..

그러니 쓸쓸한 것이 당연한거야..

그래, 이름조차 가을인데 그것을 어쩌겠어..

가을 자기 자신도 쓸쓸하고..

온 사방 모두 쓸쓸한데 그것을 어쩌겠어..

하늘도.. 나무도.. 구름도..

달도.. 별로.. 나도.. 너도..

모두 그렇게.. 쓸쓸한데.. 그것을 어쩌겠어..

하지만..

그래도 하나는 묻고 싶다.

쓸쓸한 이 가을..

가을 같은 너는 어디 있느냐..

어디서 혼자 이 가을을 걷고 있느냐..

어디서 혼자 이 쓸쓸함을 견디고 있느냐..

이 쓸쓸한 가을을..

도대체 어디서 혼자 밟으며..

그렇게 외롭게 걷고 있느냐..

가을의 선물..

– 가을이면 꺼내보게 되는 선물..

그래도 가을이잖아..
바라보고만 있기에는..
가을햇살이 너무 아름답잖아..

그래도 가을이잖아..
나 홀로 걷기에는..
가을풍경이 너무 처연하잖아..

그래도 가을이잖아..
그리움만 쌓고 있기에는..
가을밤이 너무 애잔하잖아..

가을 햇살이 아름다워 가슴 설레고..
가을 달빛이 쓸쓸해서 마음 아프고..
이렇게 희비극을 함께 담은 빛나는 슬픔의 계절에..

당신이 남겨주고 떠난 가을 선물..
어쩌면 당신은 이미 알고 있었지..

그 어느 때 보다 높은 맑은 가을하늘..
그 무엇 보다 쓸쓸하고 허전한 가을바람..
그 언제 보다 처연하고 애잔한 가을달빛..

그래도 잊지 말아 달라고..
언제까지 오래도록 기억해 달라고..
굳이 그렇게 부탁하지 않아도..
가을이면 자연스레 당신을 떠올리게 되지..

이미 그것을 알기에
당신은 차라리 가을에 떠난 거지..
그것이 당신이 가을에 떠난 이유인거지..

가을이 올 때 마다 단풍 빛 그리움으로..
추억에 그 길을 걷게 될 것임을 알기에..
그렇게 가을에 떠난 거지..

그것이 당신이 남겨준 가을 선물..
언제나 가을마다 꺼내보게 되는 소중한 선물..

가을에 떠난 사람은 미워할 수 없음을 알기에..
그렇게 가을에 떠났던 것이 아니라..

가을에 떠났기에 더 소중한 추억으로..
삶의 책갈피에 오래도록 남는다는 것을 알기에..
그렇게 가을에 떠난 사람..

이제 가을의 선물처럼 남겨진 사람..
이제 평생 가을이면 당신을 기억하겠지..
이제 평생 가을은 당신의 계절로 떠오르겠지..
그 언제든 가을이면 당신의 착한 품이 느껴지겠지..

그래, 그래도 가을이잖아..
그래도.. 그래도.. 가을이잖아..

이 가을.. 당신도 함께 느끼고 있잖아..

당신도 가을이면.. 그때 그 마음을 느끼고 있잖아..

그렇게 가을이면.. 그래도 가을이면..
우리 함께 했던 가을의 약속들을 기억하잖아..

그래도 사랑한다던.. 언제나 사랑한다던..
그때 그 가을의 그 약속을 기억하잖아..

가을의 선물 같았던..
사랑의 그 약속을..

가을이라고 울지마..

– 당신이 너무 착한 사람이라서 그래..

가을이 떠난다고 울지마..
가을에 떠난다고 울지마..
가을이라고 떠나는 건 아니야..
단지 떠날 때가 되었던 것 뿐이야..

가을이라고 기억하려 하지마..
가을이라고 떠올리려고도 하지마..
가을이라서 좀 더 생각났던 것 뿐이야..

가을이라고 더 보고 싶어도 하지마..
가을이니까.. 가을이라서..
자꾸 그런 이유로 더 그리워 하지마..

그렇게 잊어지는 거야..
원래 그렇게 잊어지는 거야..
그래도 그렇게 잊어야 하는 거야..

그러니 가을이라는 이유로 더 슬퍼 하지마..

원래 삶이 슬픈 거야..
원래 살아감이 아픈 거야.. 단지 그뿐이야..
만났으니 헤어지고..
헤어지니 그리운 거고.. 단지 그뿐이야..

가을이라서 그런 것이 아니야..
가을에 떠나보내서도 아닌 거고..
가을이 쓸쓸하기 때문만도 아닌 거야..

그냥.. 당신이 착한 사람이라서 그래..
그저.. 당신이 여린 사람이라서 그래..
그래도.. 당신이 좋은 사람이라서 그래..

그 사람도 그렇게 생각할거야..
그러니 가을이라고 울지는 마..
그렇게 가을이라서 울지는 마..

우리 사는 것이 그런 것일 뿐이야..
그것이 우리 사는 삶인 거야..

그렇게 삶은.. 가을 같은 거야..
결국 떠나야 하는 가을 같은 거야..

잊지 못하는 그리움처럼..
혼자만 그리워하는 거야..
혼자만 그리워하기에 더 서글픈 거야..

그래도 가을에는..
그리워 할 수 있어서 좋은 거고..
그리워 할 수 있는 사람이 있어 좋은 거고..
그리운 사람이 되어 줄 수 있어 좋은 거야..
그것으로 된 거야..
그냥 가을처럼 떠나면 되는 거야..
그냥 가을처럼 잊으면 되는 거야..

저 슬픔의 빛으로 멀어져 가는 가을처럼..

더 이상 아무 말하지 않고 떠나는 가을처럼..

그리운 기억만 남기고 떠나는 가을처럼..
묵묵히 돌아서서 혼자 떠나는 가을처럼..
그렇게 떠나보내면 되는 거야..

그러니 가을이 떠난다고 울지마..
그러니 가을에 떠났다고 울지마..

차라리 가을이니까 그러려니 할 수 있는 거야..
오히려 가을이니까 그렇다고 하면 되는 거야..

이제 가을이니까 보내면 되는 거야..
우리 삶이 그러하듯이..
우리 살아가는 날들이 그러하듯이..

가을이라고 울지마..
가을이라도 울지마..
너도.. 나처럼..

가을을 떠나보내며..

– 아름다운 사랑의 약속은 여전히 남아 있으니....

낙엽이 진다고 슬퍼말아라..
가을이 떠난다고 아파말아라..

네가 미워서 떠나는 것도 아니고..
네가 싫어서 떠나는 것도 아니란다.

단지 가을이라서..
그저 떠나야할 때가 되었기에..
그렇게 떠날 수밖에 없는 것이니
떠나감을 너무 아파 말아라.

비록 지금 떠나가도
새봄의 솜털 같은 첫 만남의 설레임은
아직 그 마음 그대로 남아 있으니..

초여름 싱그럽던 푸르른 희망의 날들은
여전히 소중한 기억으로 남아 있으니..

하늘과 바람과 구름 강들 함께 거닐던
아름답던 사랑의 약속은 여전히 남아 있으니..

그것으로도 된 거다..
그것으로도 고마운 거다..

그러니 떠나감이 슬퍼 눈물 흘리지는 말아라..
떠나가는 그 마음도 얼마나 아프겠느냐..

가을 길 혼자 떠나는 그 마음 오죽하겠느냐..
단지 떠나야할 때가 되어서 떠나는 것일 뿐이니..
떠나는 이 가을을 붙잡지 못한다고 혼자 울지 말아라.

낙엽 흩날리는 가을의 거리에서
혼자 쓸쓸히 걷다 빈 의자에 기대어
가로등처럼 멍 하니 고개 숙일지라도..

단지 가을이기에 떠난다는 것을 잊지 말아라
단지 가을이라서 떠날 수밖에 없음을 이해해주어라

인생은 단지 기억될 뿐이라지만..
함께함은 남겨지지 않고..
단지 기억으로만 새겨질 뿐이라지만..

그래도 지금 떠나기에
다시 돌아온다는 것을 잊지 말아라.

피니까 지고.. 지니까 피니..
떠나니 돌아온다는 것도 잊지 말아라..

지금 떠나가도..
다시 낙엽 흩날리는 이맘쯤이면..
소중한 기억으로 다시 되돌아온다는 것을
잊지 말아라..

낙엽 진 가을 길을 홀로 걷다가..

나뒹구는 흔적에 눈물 날 수도 있겠지만..

떠나감은 다시 돌아온다는 약속이라 믿으며..
그래도 그냥 떠나보내 주어라..
더 이상 붙잡지 말고 그냥 놓아주어라..

노란 빛깔 잔잔히 남기고 떠나는 이 가을을..
떠나는 뒷모습조차 아름다운 이 가을을..

그냥 그렇게 가을이기에 떠나보내 주어라..
그렇게 떠나는 이 가을을 보내주어라..

사랑도.. 미련도.. 그렇게 보내주어라..

꽃잎

– 꽃잎 같은 사랑만이.. 당신으로 남았네....

모두가 떠나갔지만..

사랑만은 남았네..

모든 것을 잃었지만..

사랑만은 얻었네..

모든 것을 놓아버렸지만..

사랑만은 잡았네..

땅을 남기고.. 권세를 남기고..

이름을 남기고.. 영예를 남긴다지만..

그저 사랑 하나만을 남겼네..

그 무엇도 붙잡지 않았지만..

사랑만은 지켰네..

혼자 떠나야 하는 삶일지라도..
사랑만은 함께 있네..

그것이 어떤 의미인지는 몰라도..
그래도 사랑만은 남겼네..

당신으로 인해.. 당신 덕분에..
고운 꽃잎처럼.. 사랑만은 남겼네..

꽃잎 같은 사랑을..
당신 이름으로 남겼네..

꽃잎 같은 사랑이..
당신 이름으로 남았네..

'겨울 눈' ·· 흰 눈처럼 가만히 안아주어라··

당신을 위한 등불

– 매일 밤 당신을 위해 켜지고 있는 사랑의 등불을 찾으세요..

매일 밤, 등불을 켭니다.
여기 이곳에서.. 항상 변함없이..
당신을 기다리고 있다고.. 등불을 켭니다.

당신이 오지 않는 날들이 쌓여가지만..
그래도 밤이면 또다시 등불을 켭니다.

행여나 당신 지나다 보게 될까봐..
하루도 거르지 않고 당신의 등불을 켭니다.
그리움으로 피워내는 등불을 켭니다.
당신의 이름으로 사랑의 등불을 켭니다.

비가 오는 밤이나.. 눈이 오는 밤에는..
낙엽 지는 밤이나.. 바람이 슬픈 밤에는..
더더욱 일찍이.. 더더욱 환하게.. 더더욱 오래도록..

당신 이름을 보지 못한다 해도 알고 계세요.
날마다 당신을 그리워하는 등불 하나가 켜져 있음을..

비록 당신이 오지 않는다 해도..
당신의 행복을 빌고 있는 등불 하나가 켜져 있음을..

그래도 당신이 오지 않는 것은 어쩔 수 없지만..
오직 당신만을 위한 사랑의 등불이 항상 켜져 있음을..
기나긴 밤 등불 홀로 외롭게 켜져 있음을 알고 계세요..

비록 우리 함께 하지 않더라도..
변함없이 함께한다는 소중한 마음으로..
언제나 당신만을 기다리는 순수한 등불..
오직 당신만을 위해 켜지고 있는 착한 등불..

당신 행복을 비는 바램을 담은 그 등불처럼..

행복하게.. 더 행복하게 살아가시다가...

혹시라도.. 천에 하나.. 만에 하나..
당신이 너무도 지치고 힘든 날이 생겨나서..
더 이상 마음 내려놓고 쉴 곳을 찾지 못할 때는..
매일 밤 켜지고 있는 당신의 등불을 찾으세요.

당신 이름이 쓰인 그 등불을 찾아 문 두드리면..
그 예전 그 모습처럼 조용한 미소로 가만히 문 열어주며..
편안히 당신을 맞아줄 것입니다.

그리고 당신 편히 잠드는 바로 그 때..
비로소 긴긴 밤 켜진 당신의 등불을 끄겠습니다.

당신을 위해 켜졌던 그 등불이기에..
당신을 위해 그 등불을 끄겠습니다.

눈이 오는 밤에는...

– 눈이 오는 밤에는.. 단지 그리워하면 된다..

눈이 오는 밤에는..
그리워하지 않은 적이 없다..

그랬다.. 눈이 오는 밤에는 언제나..
사랑하는 사람을.. 그리워하고.. 보고파 했다..

눈이 오는 밤에는..
당신을 미워한 적이 없고..
눈이 오는 밤에는..
당신을 보고파하지 않은 적이 없다..

그래서 눈이 오는 밤은 기쁨이면서도 슬픔이다..
눈 때문에 그 사람을 떠올릴 수 있기에 기쁨이고..
그 사람이 그립지만 만날 수 없는 것은 슬픔이다..

그렇다.. 눈이 오는 밤에는..

늘 사랑하는 당신 생각을 했다..
그래서 눈이 오는 밤에는 늘 당신과 함께 했다..

이렇게.. 눈이 오는 밤에는 누구나..
그리워하는 사람이 되고..
그리워지는 사람이 된다.

그래서 세상의 모든 눈 내리는 밤은 아름답다..
그래서 세상의 모든 눈 내리는 밤은 위대하다..

서로를 그리워할 수 있게 해주므로..
더 소중하게 사랑하게 해주므로..
사랑하는 사람을 그리워 하게하므로..
그리운 그 마음 그대로 더 사랑할 수 있게 하므로..

눈이 오는 밤에는.. 더 그리워해도 된다..
눈이 오는 밤에는.. 더 사랑해도 된다..

흰 눈처럼 고운사랑..

함박눈처럼 포근한 사랑..
그런 사랑을 하면 된다..

그렇게 눈이 오는 밤이면..
우리 서로를 더 그리워하는 거다..
더 보고파하고.. 더 소중하게 사랑 하는 거다..

눈이 오는 밤만이라도..
서로 좋은 사람끼리,. 더 좋은 마음으로 사랑하는 거다..

눈이 오는 밤에는..
눈이 오는 밤만이라도..
우리는 그렇게 좋은 사람으로 사는 거다..
그리워할 수 있는 사람을 마음껏 보고파 하는 거다.

한 번이라도 눈이 오는 밤에
그 사랑을 그리워했던 사람이라면..
눈이 오는 밤에는 떠나간 그 사람을 용서하자..
눈이 오는 밤에는 떠나간 그 사람을 이해하자..

눈이 오는 밤에 연락하는 그 사람이라면..
그냥 눈이 오는 밤만이라도..
그의 이야기를 들어주자..

그래서 눈이 오는 밤에 길을 걷는 사람이라면,
그 사람은 참 좋은 사람이다.
그리워 할 줄 알고 사랑할 줄 알기에...

그렇게 눈이 오는 밤에는..
그리워하면 된다..
그렇게 눈이 오는 밤에는..
사랑하면 된다..

흰 눈 내리는 날에는..

– 첫눈처럼 보고파하는 그 마음 알아달라고..

이제는 익숙한 그리움

이제는 익숙한 외로움

이제는 익숙한 보고픔

이제는 익숙한 쓸쓸함

그러나 여전히 익숙하지 않은

그대와의 이별

아직도 여전히 견딜 수 없는

그대와의 이별

그렇게 견딜 수 없는 그리움이

쌓이고 쌓여.. 참고 참다가..

더 이상 참지 못하고..
결국 흰 눈으로 내린다.

포근히 내리는 함박눈처럼
여전히 그리워하고 있다고..

흰 눈 내리는 날이라도
나를 떠올려 달라고..

보고파하는 그 마음 알아달라고..
당신 어깨 두드리며 사뿐히 내린다.

흰 눈처럼.. 함박눈처럼..
다정히 안아달라고 눈꽃으로 내린다.

그리운 당신 얼굴 어루만지듯
천천히 보드랍게 함박눈으로 내린다..

함박눈이 내리는 이유

– 흰 눈처럼 하얗게.. 함박눈처럼 다정히 안아주어라..

함박눈이 포근히 내리는 것은..
흰 눈처럼 안아 주라는 것..

함박눈이 하얗게 내리는 건..
흰 눈처럼 이해해 주라는 것..

그렇게 함박눈 내리는 날 만큼은
더 사랑하고.. 더 이해하고.. 더 안아주고..
더 함께하고.. 더 손잡고.. 더 용서하라는 것..

흰 눈처럼 하얗게 처음 그때처럼..
순수하던 그 마음으로 돌아가라는 것..

첫눈 같은 그 마음처럼..
그렇게 다시 사랑하라는 것..
다시 시작 하라는 것..

그래서 새봄이 올 때까지
안아주고 견디다가..

봄꽃 피는 강변을 두 손 꼭 잡고
다정히 오래도록 걸어가라는 것..

그러니 흰 눈이 오는 날에는
더 사랑해주어라..

그래도 흰 눈이 오는 날에는
한 번 더 이해해주어라..

떠나간 사람조차도..
떠나보낸 사람조차도..
아직도 그리워하는 사람도..
아직도 보고파하는 그 마음조차도..

그래서 흰 눈 오는 날 연락이 온다면
그냥 모른 척 받아주어라..

기다리고 있었다는 듯
조용히 그 손잡아주어라..

흰 눈처럼.. 함박눈처럼..
그렇게 다정히 안아주어라..

언젠가 알게 될 거야..

– 우리 사랑이 얼마나 아름다웠는지를...

알게 될 거야..
별빛조차 보이지 않는 어두운 밤에도
저기 어디선가 희망이 불 밝히고 있음을..

알게 될 거야..
어두운 밤길 홀로 걷는 나를
아무도 기다리지 않은듯해도
여전히 묵묵히 기다리고 있는 사람 있음을..

알게 될 거야..
할 수 있는 것도, 하고 싶은 것도
더 이상 그 아무것도 없는 듯하지만
아직 할 수 있는 일들이 그대로 남아 있음을..

알게 될 거야..
이대로 사랑이 끝나버린 듯해도

그래도 우리 사랑 조용히 남아있고
우리가 저 달과 별처럼 다정히 사랑했음을..

알게 될 거야..
잠시 떠나 있는 동안에야 비로소
그 사람이 얼마나 당신을 사랑 했는지
내가 얼마나 더 많이 사랑 받는 존재였음을..

알게 될 거야..
아직은 보지 못하고.. 느끼지 못할지라도..
여전히 그 어디선가 누군가 나를 믿어주고..
나를 도와주고.. 나를 기다려 주고 있음을..

알게 될 거야..
내가 알지 못하는 곳에서..
고요히 빛나고 있는 그 소중한 존재를..

나의 의지와 나의 노력과 나의 믿음으로..
분명 반갑게 만나게 될 것임을..

알게 될 거야..
지금은 모른다고 해도
그때가 되면 알게 될 거야..

결국은 알게 되는 것들을
미처 알지 못하는 것들이..
우리 살아가는 날들임을..

그렇게 나에게로 가는 거고..
여전히 내 안에서 나와 함께..
빛나는 소중함이 내게 남아 있음을..

시간이 더 지나간 후에야
꼭 그렇게 알게 될 거야..

내 삶이 얼마나 소중했는지를..

그 사람이 얼마나 고마웠는지를..

우리 사랑이 얼마나 아름다웠는지를..

언젠간 알게 될 거야..

당신에게도 사랑의 별이 함께하길..

– 행복한 사랑의 별이.. 겨울밤처럼 당신과 함께하길....

혹여 성탄절의 즐거움이
함께하지 못했다고 해도
이 밤이라도 고이 내린
축복의 별이 함께하길..

설령 사랑하는 사람과
만나지 못하고 혼자 있는
쓸쓸한 겨울밤일지라도 따스한
희망의 별이 함께하길..

그리운 사람이 있어도
비록 함께할 수는 없을지라도
그 그리움이 잔잔히 전해지는
소망의 별이 함께하길..

서로 괜한 오해로
사소한 다툼에 돌아섰을지라도
미움도 원망도 그냥 거두고
화해의 별이 함께하길..

잠시 잊고 있었을지라도
아직 그 사람을 기억한다면
그래도 그를 위해 그 사람에게도
행복의 별이 함께하길..

아직 보고픔의 빨간 양말 하나를
머리맡에 걸어둔 착한 사람이라면
그 순수한 마음 살그머니 채워지는
사랑의 별이 함께하길..

당신에게도 그렇게..

축복과.. 희망과.. 소망과..
행복과.. 사랑의 별이..
고요히 함께하길..

삶이 늘 그렇게 행복할 수도..
사랑함이 늘 그렇게 좋을 수도..
살아감이 늘 그렇게 즐거울 수도 없겠지만..

그래도..
오늘은.. 오늘에는..
좋은 행복이 함께하길..

오늘은.. 오늘에는..
그래도.. 행복이 함께하길..

꼭 그렇게..
당신에게 행복이..
함께하길...

당신의 날개를 돌려주며..

– 다시 당신이 날 수 있다면.. 당신의 날개를 돌려주겠어..

오늘은 선물을 전해주는 날..

나는 당신에게 숨겨둔 날개를
선물로 전해줍니다.

지금이라도 날개를 찾으면
아직은 되돌아갈 수 있기에..

날개를 찾으면 얼마든 날 수 있고
날아가고픈 곳이 남아 있기에..

오늘처럼 선물 전해주는 날에..
꽁꽁 숨겼던 당신의 날개를 돌려줍니다.

날개 잃은 천사가
다시 날 수 있는 날도..

그리 많이 남지는 않았기에..

지금이라도 보내야지..

이제라도 날려 보내야지..

당신을 너무 오래 붙잡아 두었구나..

이미 긴 날들을 날개를 숨겼었구나..

.

단지 함께하고 싶은 마음이었지만..

결국 당신을 가두어둔 것이 되었구나..

언제나 당신과 함께 있고 싶었기에..

매달리듯 당신 날개를 숨겨 두었었지..

그래서 당신은 날지 못했었고,,

비록 나의 미련이고 욕심이었지만..

그렇게 우리는 함께할 수 있었었지..

하지만 나는 늘 알고 있었지..

날지 못하는 당신이..

날지 못하기에 당신이..

뒤돌아 눈물 흘리고 있다는 것을..
알면서도 못 본척하고..
미련스럽게 매달리고 있었지..

당신을 위해서라면
진작 돌려주어야 했었지만..
차마 스스로 돌려주지도 못하고..

날개를 돌려 달라고 할까봐..
늘 불안해하면서 미련을 못 견디고..
.
미안함으로 맘 아파하면서도..
주저하고 괴로워하고만 있었었지..

하지만 이제는..
그 눈물을 거두어주어야 한다고..
이제라도 당신 날개를 돌려줘야 한다고..

아무리 아프고 힘들어도 돌려줘야 한다고,,

그래, 당신 그 마음 이젠 알기에..
당신이 원한다면 날개를 돌려주겠어..

다시 당신이 날 수 있다면..
당신의 날개를 돌려주겠어..
그리고..
이제부터는 나 홀로 걷겠어..

별이 없는 밤도..
꽃이 없는 길도..
빛이 없는 숲도..
나 홀로 걷겠어..

혹시라도..
당신이 불러주기를 기다리며
당신을 되돌아보기를 기다리며

단지 그뿐이야..
그것으로도 괜찮아..
되돌아오기를 기대하지는 않겠어..

당신이 그래서 행복하다면..
언제나 나를 잊지 않는 것만으로..
그것으로도 괜찮아..
그래서 숨겨둔 날개를 돌려주겠어..

당신이 멀리 떠났다고 해도
당신이 그립다고 말할 때까지..

당신이 없는 밤도..
혼자 꾸욱 참고 혼자 걷겠어..

그리운 마음 혼자 가슴에 담고
그렇게 나 홀로 걷겠어..

당신에게 줄 수 있는 유일한 선물이..

오래 숨겨둔 날개들 돌려주는 것이기에..
그렇게 날아감을 받아들이는 것이기에..

당신 눈물을 닦아줄 수 있는 유일한 방법도..
바로 그것이기에..

차라리 내가 눈물 흘리면..
당신 눈물을 닦아줄 수 있기에..

당신이 아프기 보다는..
내가 아픈 것이 맞기에..

아무리 보고프고 그리워도..
마음 굳게 먹고 당신을 떠나겠어..

그러니 이제는 자유롭게..
가고 싶은 곳으로 자유롭게..
당신을 위해 보내주겠어..

돌아오지 않을 수도 있겠지만..
그래도 보내주겠어..

그리고 이제는 나 홀로 걷겠어..
당신 생각하며 나 혼자 걷겠어..

우리 함께 걷던 그 길을
당신을 위해 나 홀로 걷겠어..
당신 행복 하라며 나 홀로 걷겠어..

나 홀로 걸으며..
비록 눈물 흐를지라도..
혹시라도 보이지 않게 뒤돌아 울고
고개 숙여 눈물 닦으며 혼자 걷겠어..

이제는 당신을 위해 나 홀로 걷겠어..
당신 날개를 돌려주고..
나 홀로 걷겠어..

그리고 사랑을 했었네..

– '사랑을 받았었네..'가 아닌.. '사랑을 했었네..'가 되도록....

삶은 겨울나무 같다고 생각했었네..
늘 제자리에서 겨울바람을 견디고 견디며..

갈 수 있는 곳도 없고.. 갈 수도 없이..
새봄을 기다리기만 하는 겨울나무처럼..
세상에서 살아감이 가장 외로운 건 줄 알았네..

그저 외롭고 서러운 삶의 숙명으로..
달빛조차 차가운 밤에는 저 달 보며 울었네..
햇빛 맑은 날에는 그 찬란함이 서러워 울었네..

하지만 알았네..
홀로 선 나무가..
바람만을 견디고 있는 것 같지만..

더 멀리 가지 못해도..
때로는 착한 토끼가..
때로는 순한 사슴이..
때로는 아주 작은 벌레도..
여기로 찾아와 함께해주었고..

더 높이 가지 못해도..
어느 날에는 파랑새가
어느 밤에는 부엉이가..
스스로 내려 앉아 다가와 주었지..

먼저 찾아가지 못해도
손 내밀며 다가와준 그들 덕분에..
그저 작은 한그루 일지라도
스스럼없이 함께해준 고마움 덕분에..

혼자인 듯해도 혼자가 아니었고..
겨울들판처럼 냉혹한 세상살이가..
단지 쓸쓸하기만 한 것은 아니었네..

그래도 언제나 달빛처럼..
안아 주고 있었던 것이 있었기에..

그렇게 여전히 햇빛처럼..
견디게 해주고 있었던 것이 있었기에..

세상 속에서 그래도..
사랑 받고 있었기에..
나도 사랑을 받았었기에..

겨울나무처럼 살아도..
'그래도 사랑을 받았었네..'

이제 그것이 단지 끝이 아니라..
그래도 사랑을 받았었네.. 로 인해..

그 사랑으로 다시 시작하며..
이제 그 사랑을 돌려주려하네..

'그래도 사랑을 받았었네..'가 아닌..
'그리고 사랑을 했었네..'가 되도록..
사랑을 하려고 하네..

내 삶은 비록 부족할지라..
그래도 사랑을 했었네..

내 삶은 아직 미완이지만..
그러나 사랑을 했었네..

내 삶은.. 내 삶은..
그리고 사랑을 했었네..

그렇게.. 사랑을 했네..
그렇게.. 사랑을 했었네..

당신에게도 내가 있다는 것을..

– 저 별이 어둠이 오면 비로소 고요히 빛나듯...

빛이 보이지 않는 한낮에도
저 별은 거기 그대로 있다가
어둠이 오면 비로소 고요히 빛나듯

당신에게도 언제나 내가..
늘 그대로 옆에서 있다가..

혹여 힘들고 아픈 날이면
가장 먼저 다가가 줄께..

어느 지친 날..
어디 기대고 싶을 때면
가장 먼저 떠오르는 사람으로 다가갈게..

그러니 언제나 당신 곁에 내가..
저기 저 별처럼 묵묵히 함께하고

있다는 것을 떠올려줘..

항상 같은 마음으로
가장 가까운 곳에서 지키고 있음을
잊지 말고 기억해줘..

이제 시간이 흐를수록
알게 될 거야..
이제 시간이 지날수록
보게 될 거야..

밤별처럼 떠오르는 사람이
당신에게도 있다는 것을..

언제나 여전히 좋은 사람으로
항상 소중한 사람으로 함께하는

당신 곁에 내가 있다는 것을..

그래서 늘 보고픈 마음으로
그렇게 매일 그리운 사람으로

그런 고운별처럼
당신을 위해 빛나고 있다는 것을
당신도 보게 될 거야..

오늘도 내일도 변함없이
당신에게도 샛별처럼 함께하는
내가 있다는 것을..

당신도..
믿게 될 거야..

사랑하면 알지..

– 그래도 사랑해야 알지..

산이나 바다나
넓은 건 마찬가지

어머니나 아버지나
깊은 건 마찬가지

달빛이나 햇살이나
유일한 건 마찬가지

사랑이나 당신이나
위대한 건 마찬가지

그곳에 가보면 알지
그것을 느껴보면 알지

누구나 함께하면 알지
누구든 살아보면 알지

그래서 사랑하면 알지
그래도 사랑해야 알지

‥당신이라는 선물, 내 삶도 선물이 되었습니다‥

'그리고‥ 사랑,'

‘홀로’를 ‘함께’로 만들어주는 위대함.. ‘사랑’..

– 평범한 날들을 행복한 날들로 바꿔주는 특별함...

자기 자신이 없는 세상이라면
저 무한한 우주조차도 필요 없다.

저 영원하다는 우주도
내가 존재하기에 존재하는 우주일 뿐..
내가 존재하지 않으면 아무 의미가 없다.

그래서 그 우주가 바로 나인 거고,
내가 우주의 중심이지만..
그러나 안타깝게도 그렇게 내가 우주의 중심인 것만큼..
인간이라는 존재는 나 ‘홀로’ 혼자라는 것이다.

저 산골 농부는 불볕더위에 혼자 묵묵히 밭을 갈고,
저 바닷가 아낙은 시린 겨울바람을 맞으며 홀로 갯벌을 캔다.

그렇게 각자 업에 따라 홀로 글을 쓰거나.. 그림을 그리고..
사무 업무를 보거나.. 영업을 하고, 식당을 하고, 기계를 고치는 것이다.

혼자 외롭게 산골 자갈밭을 갈듯..
그렇게 각자 홀로의 삶을 사는 것이다.

겨울 찬바람 속에서도 하기 싫은 일을 묵묵히 해야 하는 것처럼..
하기 힘든 일을 하고, 견디기 힘든 일을 혼자서 해내야 하고..
그렇게 홀로 자기 길을 가야 하는 것이 인생이고 숙명인 것이다.

이미 세상을 살다간 수천, 수백억명의 지난 인류들처럼..
이름 없이 살다간 어느 한 사람처럼..
그 누구라도 홀로.. 바람처럼, 나무처럼..
살다가 잊어지는 것이 인생이기에..

혼자의 삶을 견뎌야 하고.. 허위와 위선 속에 살아도..
속울음을 참으며 내색하지 않고 웃어야 하기에..
인생은 눈물 나도록 쓸쓸하고 외로운 것이다.

그래도 그 힘겨움 속에서도
스스로의 자유의지로 살았다는 것..

불의와 비겁의 유혹에 휩쓸리지 않고 당당하게 살았다는 것..
누군가에게 나쁜 짓 않고.. 떳떳이 살아온 것만으로도..

사람과 세상에 감동 받고, 감동 주며 살았다는 것만으로도..
충분히 잘 사는 거고.. 좋은 삶을 사는 것이라고 믿어야 한다.

이렇게 우리 살아가는 인생들은..
각자 혼자의 몫을 안고 힘들고 외롭게 살아가지만..

그나마 다행이라면..
그 누군가를 만나 함께 할 수 있다는 것이다.
그래서 그 외로운 삶을 조금은 나눌 수 있다는 것이다.

그렇다.. 홀로 외로운 그 삶에..
함께하는 누군가를 만난다는 건 대단한 일이다.

견딜 수 있는 힘이 되어주는
누군가를 만나는 건 아주 특별한 일이다.
나누고 베풀며 함께하는 삶을 산다는 건 참으로 고마운 일이다.

그런 대단하고.. 특별하고.. 고마운 일이..
바로 사랑이다.

‘홀로’를 ‘함께’로 만들어 주고..
‘홀로’의 ‘힘겨움’과 ‘외로움’을..
‘함께’의 ‘나눔’과 ‘기쁨’으로 채워주고.. 바꿔주기에..
소중하고 신비한 사랑이다..

그래서 저 우주보다도 사랑이 더 위대하다.
우주조차도 삶이 존재하기에 존재하는 것인데..
그런 삶이 견뎌갈 수 있는 힘이 되어주기에..
그 살아감의 이유가 되어주는 사랑이기에...
세상 가장 위대한 존재는 사랑이다.

그렇기에.. 오늘도 사랑해야 한다.
그렇지만.. 내일도 사랑해야 한다.
그리하여.. 언제나 사랑해야 한다..

“당신 덕분에 사랑을 알았습니다..”

– 당신이 알려준.. 이런 것이 사랑이구나...

당신 덕분에 사랑을 알게 되었습니다.
진정한 사랑이란 무엇인가를...

당신 덕분에 사랑의 위대함을 알았습니다.
세상 그 어떤 무엇도 사랑만큼 사람을
행복하게 해주는 것은 없다는 것을..

당신 덕분에 세상의 소중함을 알았습니다.
사랑을 하기에 세상 작은 하나까지도
소중하고 특별한 의미가 된다는 것을..

봄꽃은 봄꽃대로.. 여름비는 여름비대로..
가을볕은 가을볕대로.. 겨울눈은 겨울눈대로..

새벽안개도.. 아침 햇살도.. 한낮의 바람도..
저녁의 강물도.. 늦밤의 별빛도..

그 모든 것들이 사랑을 하게 되면..
새로운 의미를 갖게 된다는 것을..
당신으로 인해 알게 되었습니다.

당신과 함께하면 언제 어느 곳에 있어도
세상 모든 것에 새로운 의미가 생겨나고
사랑이라는 이름으로 거듭나게 된다는 것을..

당신 덕분에 그리움도 행복임을 알았습니다.
쓸쓸한 그리움이 아닌 만남의 설렘을 주는
행복한 그리움도 있다는 것을..

당신 덕분에 사랑의 기쁨을 알았습니다.
당신과 잠시 떨어지면 힘들고 어려워도
다시 만날 때면 기쁨으로 함께할 수 있음을..

당신 덕분에 기다림도 흐뭇함임을 알았습니다.
다시 만날 때를 생각하면 기다리는 그 순간에도
나도 몰래 슬며시 미소가 지어진다는 것을..

당신 덕분에 더 아름다워질 수 있음을 알았습니다.
시도 음악도 그림도 영화도 노래도 사진도 그 모두
사랑으로 더 특별해지고 더 아름다워진다는 것을..

보지 않고도 볼 수 있음을..
말하지 않고도 말할 수 있음을..

듣지 않고도 알아들을 수 있음을..
생각하지 않고도 느낄 수 있음을..
그냥 저절로 모두 다 알 수 있음을..

당신은 그 무엇으로도 대신할 수 없는
나를 존재하게 하는 그 자체임을..

해와 달이 바뀌고 계절이 변해가도
늘, 항상, 언제나 보고픔은 그대로임을..

작은 것의 행복을.. 가벼운 것의 기쁨을..
꾸밈없는 것의 순수함을.. 평범함의 소중함을..

어쩌면 평생 몰랐을 그 모든 것들을..
당신으로 인해 알게 되었습니다.

당신의 사랑이 있었기에
지금까지의 삶을 견뎌 왔기에
사랑도 살아가는 이유가 될 수 있음을..
사랑하기에 그것만으로도 행복할 수 있음을..

그렇게 당신으로 인해 세상을 더 사랑하고..
당신 있음에 내 삶을 더 사랑하게 되었습니다.

그래서 나에게도 세상은 소중한 것임을..
나에게도 살아가는 날들은 모두 특별한 것임을..
선물 같은 행운이고 행복임을 알게 되었습니다.

이런 것이 사랑이구나..
이래서 사랑을 하는구나..
당신과 함께하며 알게 되었습니다.

이것이 사랑하는 마음이고..

이것이 진짜 사랑임을..

당신 덕분에 알게 되었습니다..

사랑만큼은 아끼지 말자..

– 삶이 작아지더라도 사랑이 작아지지는 말자..

세상 유일하게 아끼지 않아도 되는 것
세상 유일하게 넘치게 많아도 되는 것

주는 사람도.. 받는 사람도..
서로 함께 행복할 수 있는 단 한 가지

더 많이 나누어 주어도 아깝지 않고,
더 많이 가져도 욕심이 아닌 오직 한 가지

그래서 사랑은 행복의 시작점..
그래서 사랑은 아름다움의 결정체..

그러니 사랑만큼은 모두 보여줘도 된다.
모두 표현해도 되고.. 모두 말해줘도 된다.

그러니 사랑하는 그 마음만큼은

아끼지도.. 숨기지도..
남기지도.. 참지도 말고..

있는 그대로를 표현 하며
가슴에 담고 있는 사랑 그대로를 보여주자.

혹시, 그 마음을 모두 전해주지 못해..
뒤늦게 그 마음을 전하려 할 때는
이미 늦어 버렸으니..

때 늦은 후회를 하게 되도
더 이상 어쩔 수 없이 후회의 눈물만 흘리다가..
아쉬움으로 쓸쓸히 돌아 서게 되느니..

삶이 작아지더라도 사랑이 작아지지는 말고..
삶이 줄어들더라도 사랑이 줄어들지는 말며..

삶이 커지더라도 사랑이 변하지는 말고..
삶이 높아지더라도 사랑이 낮아지지는 말자.

보여 줄 수 있는 사랑은 남김없이 보여 주고
말해 줄 수 있는 사랑은 숨김없이 말해 주고
전해 줄 수 있는 사랑은 아낌없이 전해 주자.

나누어줄 때 더 빛나는 사랑이기에..
표현할 때 더 아름다운 사랑이기에..
보여줄 때 더 감동적인 사랑이기에..

오직 사랑만이..
삶에 참 행복이고..
인생의 밝은 진실이고..
세상에 변치 않는 진리이기에..

사랑은 단지 함께 걷는 것..

– 그 사람과 같이 발 맞춰주며.. 함께 걸어주는 것..

사랑은 단지 함께 걸어 주는 것..

함께 손잡고 천천히 걸어 주는 것..

만약 그 사람이 다리가 아파서

빨리 걷지 못하면..

그 사람을 위해 좋은 차를 사주기보다는..

그 보다는 먼저 그 사람과 손잡고..

함께 천천히 걸어 주는 것..

나는 빨리 걸을 수 있고..

빨리 뛸 수도 있지만..

그래도 빨리 걷고..

빨리 뛰고 싶은 마음을 참고..

그 사람과 같이 함께 발 맞춰주며..
다정히 손잡고 천천히 이야기 하며..
함께 걸어주는 것..

그래서 진정한 마음으로
함께하고 있음을..

그 사람이 내 곁에..
같이 있음을 느끼게 해주는 것..

단지 바라는 것은..
진정 바라는 것은 바로 그렇게..
온 진심으로 함께해 주는 것..

그것만으로도 충분히 좋은 사랑..
그것으로도 충분히 소중한 사람..
때로는 사랑이라는 것이..
더 많은 것을 해 주고..
더 좋은 것을 해 주고..

더 특별한 것을 해 주는 것이..
더 소중한 사랑이라 생각할 수도 있지만..

결국 더 오래가는 사랑은..
진정 더 소중한 사랑은..

어느 순간.. 어느 때라도,,
작은 거라도.. 진심으로.. 함께해 주는 것..

그것만으로도
사랑하고 있음을 느낄 수 있다는 것..

그래서 함께하는 것만으로도..
사랑할 수 있고.. 사랑 받을 수도 있다는 것.

결국 그렇게 진심으로 함께 하는 사랑이
가장 첫 번째 사랑의 밑바탕임을 알기에..
오늘도 당신과 함께 걷고 싶다..

당신이 그 마음 몰라준다면..
그 마음 알 수 있을 때까지..

그래도 그 마음 모른다면..
나 혼자만이라도 당신을 보며
그렇게 걷고 싶다..

우리 함께할 때를 기다리며..
나 혼자만이라도.. 그렇게..
사랑하기에 그렇게..

사랑에 진정 필요한 것은..

– 그 어떤 대단한 사랑보다 그냥 사랑하는 그 느낌이었다..

사랑에 진정 필요한 것은..
대단한 사랑의 선물이 아니라..
단지 사랑하고 있다는 그 느낌이다.

거창한 사랑의 표현 보다는
그저 사랑받는 느낌을 갖고 싶고
사랑하는 느낌을 갖고 싶을 뿐이다.

누군가를 그리워하고 보고파 하고..
누군가에게 사랑받고 있는 그 느낌..

따뜻한 말 한마디를 해주고..
다정한 말 한마디를 들으며..

그렇게 위로받고 위로해주고..
그래도 세상에 내 편 한명은 있구나..

나를 이해해 주고..
보고파 하는 사람이 있구나..

비가 오면 그립다고 말할 수 있고..
눈이 오면 보고 싶다고 말할 수 있고..

저 하늘 달을 보면 그 사람 생각이 나고..
저 하늘 별을 보며 잘되길 빌어주고픈 사람..

언제든 그립고 보고픈 마음을 말할 수 있고..
그립고 보고파하는 그 마음을 알아주는 사람..
서로 사랑하고 있다는 느낌을 갖게 해주는 사람..

바로 그렇게 진심으로 필요했던 것은
사랑보다는 그냥 사랑하는 그 느낌이었다.

사람이란 존재는..
늘 외롭고 쓸쓸한 존재이기에..
언젠가는 혼자가 되는 존재이기에..

그 외로운 순간마다..
그래도 보고 싶은 사람..
늘 내 곁에서 다정히 속삭여 주는 사람..

만약 지금 당장 내 곁에 없어도..
다시 내 곁에 함께할 수 있는 사람..
어느새 돌아와 꼭 안아줄 것 같은 사람..

손 꼭 잡고 천천히 걸으며..
사랑의 이야기를 나눌 수 있고..

어깨에 기대고 입맞춤 나누면서도..
사랑 편지를 주고받을 수 있는 사람..

단지 그런 사랑 받는 느낌을 나누길 원했고..
그저 그런 사랑 하는 느낌을 갖고 싶었던 것뿐..

바로 그렇게..
사랑하는 느낌이.. 사랑받는 느낌이..

필요했던 것일 뿐이다.

그런 사랑 느낌이 바로 사랑이다.
그것이 바로 사랑이다.

사랑 느낌 주는 사랑

– 그저 사랑 같은 사랑을 하고 싶을 뿐..

사랑이 대단한 것이라고..

사람들은 착각한다.

하지만 사랑이란 것은

그리 대단한 것이 아니다.

단지 사랑하고 있고..

사랑 받고 있는 느낌을 원할 뿐인데..

그것을 다른 무언가로 오해하거나 착각한다.

커피 한잔을 마셔도 생각나는 사람..

커피 한 잔을 함께 하고 싶은 사람..

커피 한 잔을 마시고 있다고 말하고픈 사람..

시시때때로 보고 싶어 해도 되는 사람..

보고 싶다고 말해도 되고..

보고 싶다는 그 말을 기꺼이 받아 주는 사람..

우리가 원했던 것은..
바로 그런 소소한 사랑 느낌들이지..
그 어떤 대단한 것들이 아니다.

말 한 마디.. 손짓 하나.. 눈빛 하나..
전화 한 통.. 문자 편지 한통..이라도..
부담 없이.. 스스럼없이.. 편하게.. 언제든..

그 사랑 느낌을 전해도 되고..
그 사랑 느낌을 받아 줄 수 있는 사람..

그런 사랑 느낌이 되어 주고..
그런 사랑 느낌을 나눌 수 있는 사람..

그렇게 사랑 느낌을 나누는 것이..
바로 사랑하고 있다는 것이고..

그런 사랑 느낌을 나누기 위해..

사랑을 하고 싶은 것이다.

이제는 더 안아주어라..

– 안아줄 수 있는 내가 더 고마운 것이기에..

낮은 사람일수록 안아 주어라..
아픈 사람일수록 보듬어 주어라..
슬픈 사람일수록 어루만져 주어라..

그러면 오히려 내가 더 밝아질 것이다
그러면 오히려 내가 더 건강해질 것이다..
그러면 오히려 내가 더 행복해질 것이다..

좋은 일 한다고 생각할 수 있겠지만..
사실은 그런 안아줌으로 인해..
오히려 내가 더 많이 배우게 되고..
더 겸손해지는 기회를 얻게 되고..

더 깨닫는 시간이 되어주기에
사실은 내가 더 고마운 것이다.
그러니 더 꼭 안아 주어라..

그 꼭 안아줌이 사실은...
나 자신을 더 안아주는 것이니..
더더욱 그렇게 더 꼭 안아주어라.

이제는 더 안아주어라.. 그저 안아주어라..

사랑으로 행복해진다는 건..

– 단지 안아주다 보니 행복해지는 것이다.

내려놓고 비워내면 두려울 것도 없다.
거칠 것도 없고.. 주저 할 것도 없다.
그냥 마음 가는 대로 살아도 걱정이 없다.

엄청 대단한 것 같은 것이 세상살이지만..
막상 또 내려놓으면 그냥 그렇게 사는 것이..
세상살이고 인생인 것이다.

그러니 진짜 내 삶을 살고 있다면..
그냥 내 마음 가는 대로 하면 살면 된다.
어쩌면 지금까지..
너무 헛된 욕심을 부린 거다.

되돌아 생각해보면..
그렇게 악착같이 갖고 싶어서 가졌지만..

막상 갖고 보니..
그토록 나에게 필요한 것도 아니었고..
사용하지도 않게 되는..
필요한 것도 아니었던 것이다.

결국은 단지 갖고 싶어서 욕심을 부린 거고,.
괜히 악착같이 매달리고 안달 내며..
스스로를 힘들게 했던 것뿐이다.

어쩌면 그렇게 헛된 욕심을 부리다가..
삶을 낭비하며 지나가는 것이 인생이다.

지나고 나면..
심각한 날도.. 화난 날도..
슬픈 날도.. 분노한 날도..
그저 크게 대단치 않은 하루였을 뿐인데..

이제는 기억조차 흐린..
그냥 일상적인 하루였을 뿐인데..

도대체 내가 왜 그랬을까 하면서도..
힘들어하고.. 괴로워하고..
분노하고.. 실망 했던 것이다.

이제는 괜히 미련 갖고.. 매달리고..
원망하고.. 억지 부리기보다는..

그냥 더 마음 편하게.. 더 미련 내려놓고..
더 꼭 안아 주며 살면 된다.
더 보듬어 주고.. 더 어루만져 주면 된다..

원망만하면서 보내기에는..
너무도 아까운 인생이니까..
미워만 하면서 보내기에는..
너무도 아쉬운 인생이니까..

그러니.. 이제는.. 이제라도..
더 꼭 안아 주며 살면 된다.
이제 더 이상 후회되지 않도록..
가슴으로 더 꼭 안아 주고 살면 된다.

그렇게 행복은 시작된다.
안아줌으로 인해 인생의 날들이 바뀌기 시작한다.

안아주기에 행복해진다는 건..
바로 그런 것이다.

단지 안아주다 보니
행복해지는 것이다.

그렇게 사랑하다 보니
행복해지는 것이다.

바로 그 사람이 좋은 사람..

– 아무 이유 없어도 마주앉아 있어도 그냥 좋은 사람..

어스름이 깔리는 저녁이면
문득 떠오르는 사람이
고마운 사람.. 그리운 사람..

어떤 이유도 없이
그냥 보고 싶은 그 사람이..
참 좋은 사람.. 소중한 사람..

가르치려하기 보다는 위로해주려 하고..
따지려 하기 보다는 이해해주는 사람..

알려주려 하기 보다는 먼저 들어주고..
이유를 묻기 보다는 그냥 안아주고..

아무 말하지 않고 있어도
어색하지 않을만큼 편안한 사람..

사람은 누구나 외롭다 말하면서도
정작 그런 자기 자신 역시도
누구의 외로움도 채워주지 못하는 사람..

그래서 사람을 못 믿고.. 속고 속이며..
더더욱 외로운 존재가 되고..

넓디넓은 지구에 혼자되어
쓸쓸히 어슬렁이며 살아갈 때

그래도 정처 없이 떠돌다
저절로 발길이 향하게 되는 사람
바로 그 사람이 좋은 사람.. 소중한 사람..

외로움을 위로 받기보다는
외로움을 위로해줄 수 있는 사람

이해 받기보다는 이해해주고..
알아주기를 바라기 보다는 먼저 알아주는 사람..

내가 연락하기보다는
내게 연락해 '그립다' 말하는 사람

아무 이유 없어도 마주앉아
울고 웃는 정든 사람, 정 깊은 사람

세상에서 '혼자 되었다'고 느낄 때
모두에게 '외면 받았다'고 아플 때
그래도 함께하는.. 함께해주는 사람

바로 그 사람이 더 좋은 사람
진정 소중한 사람..

'인생사랑'처럼 사랑 해야지

– 그 사랑만으로도 내 삶이 의미 있어질 만큼 ..

사랑을 하려거든..
잔잔한 호수 같기보다
파도치는 바다처럼 사랑 해야지

그래서 매일 똑같은 날들보다
늘 새로운 사랑의 격랑을 함께 건너야지

사랑을 하려거든..
햇볕 잔잔한 봄날 같기보다
빗줄기 세찬 여름소나기처럼 사랑 해야지

그래서 나른한 평화로움보다
비에 흠뻑 젖어도 함께 빗속을 걷듯
비 맞아도 손잡고 웃으며 걸어 봐야지

사랑을 하려거든..
낙엽 흩날리는 가을 같기보다
함박눈 쌓이는 겨울밤처럼 사랑 해야지

그래서 추억을 기억하기보다
언제나 지금의 사랑을 더 쌓아가는
점점 더 깊어지는 사랑을 나눠봐야지

사랑을 하려거든..
산 아래 한적한 연못 같기보다
사막 건너 오아시스처럼 사랑 해야지

그래서 편히 머무는 사랑보다
참기 힘든 목마름으로 간절히 찾아가듯
애타듯 그리운 사랑으로 다가가야지

사랑을 하려거든..
들판을 노니는 양떼 같기보다
초원을 달리는 야생마처럼 사랑 해야지

그래서 사이좋은 날들만이 아닐지라도
거칠지만 길들여지지 않은 사랑을 해야지
자유롭고 거침없는 둘만의 사랑을 해야지

그래, 사랑을 하려거든
사랑처럼 사랑 해야지

사랑만으로 사랑하는 진짜 사랑
후회도 미련도 없는 간절한 사랑
꾸밈없고 정해진 것 없는 생생한 사랑

사랑만큼은 사랑답게
사랑 그대로의 사랑을 해야지

그 사랑만으로도
인생 자체가 의미 있어질 만큼
인생의 모든 것 같은 사랑을 해야지

그 사랑 하나면 '내 삶도 괜찮다'는

'인생사랑'처럼 사랑 해야지

당신이라는 선물

– 당신 덕분에.. 비로소 내 삶도 선물이 되었습니다..

축복 받지 못한 삶으로 태어나
가슴 시린 날들을 홀로 걷다가
우연히 당신이라는 선물을 얻었습니다.

어두운 밤길 은은히 빛나는 별처럼
긴 밤 한결같은 희망이 되어준 당신

햇살담은 미소로 다정히 웃는 꽃처럼
잔잔한 기쁨으로 행복이 되어준 당신

기나긴 가뭄 뒤의 반가운 빗줄기처럼
늘 고마움으로 다가와준 소중한 당신

산골 오솔길을 맑게 달리는 냇물처럼
연두빛 밝음으로 함께해준 착한 당신

정겨운 산들처럼 편안함으로
안아주고 받아준 고마운 당신

비록 우연한 인연이었지만
마치 운명처럼 함께해준 당신

그래서 힘겨운 삶일지언정
참아야할 이유가 생겼습니다.

당신이라는 선물 덕분에
힘들고 외로운 인생이었지만
시린 삶을 견뎌낼 수 있었습니다.

나의 부족함으로 인해
당신은 많이 힘들기도 했지만

그래도 당신은 언제나
내 삶의 의미이고 이유가 되었습니다.

그래서 당신이라는 선물은
선물 그 이상의 선물 입니다.

그렇습니다.
당신이란 선물은 그저 선물이 아니라
나를 존재하게 하는 내 삶 그 자체 입니다.

당신으로 인해서..
당신 덕분에..

비로소 내게도..
삶은 선물이 되었습니다.

고맙습니다.. 사랑합니다..
언제나.. 선물처럼.. 함께해준..
그 소중한 시간들이..

당신이라는 선물처럼..
나도 당신에게 선물이 되고 싶습니다.

당신이라는 선물에 어울리는
소중한 선물이 되고 싶습니다.

당신처럼 소중한 선물이
꼭 될 것입니다.

그런 단 한사람이 되어 줄게..

– 당신이 내게 그랬듯.. 지금부터 내가 그런 사람이 되어 줄게..

언제 만나도 반가운 사람

늘 만나도 다시 만난다는
설렘을 주는 사람

그 무슨 말을 해도
가만히 들어 주는 사람

그 어떤 실수를 해도
잔잔히 미소 지어 주는 사람

어느 순간 어느 때라도
내 편으로 함께해주는 사람

안 좋은 일이 있을 때면
더 만나고 싶어지고

우울해서 만나게 되면
다시 맘이 좋아지게 만드는 사람

힘들 때면 더더욱 생각나고
만나면 어느새 힘든 마음 풀어지며

아무도 만나고 싶지 않을 때도
그 사람 만나면 다시 힘을 얻고

부족하지만 괜찮다고 말해주며
그래도 다행이라 위로해주는 사람

오래도록 함께 했지만
오히려 더 좋아지는 사람

항상 같이 있어도
점점 더 정 깊어지는 사람

이미 긴 세월 만났어도

여전히 보고파지는 사람

잠시라도 만나지 않으면
금방 그리워지는 사람

그저 함께 있기만 해도
편안해지고 위로 되는 사람

마주 보는 것만으로도
흐뭇하게 미소 짓게 만드는 사람

단지 같이 있는 것만으로
참 좋은 사람

언제나 한결같이
늘 그렇게 참 좋은 사람

지금까지 당신이 내게 그랬듯..
지금부터 내가 그런 사람이 되어 줄게..

그렇게 늘 함께하고 싶은
소중한 그 한사람이 되어 줄게..

이제부터..
당신에게.. 내가 그런..
단 한사람이 되어 줄게..

덧붙임··

사랑, 그 소중함에 대해..

– 나에게서.. 너에게로.. 다가갈 때 만나는 사랑의 행복..

나는 나를 위해 존재한다.
내 자신이 더 행복하기 위해 존재하고
내 자신이 더 나은 삶을 살기 위해 존재한다.

하지만 나를 더 행복하게..
더 나은 삶으로 존재하게 하는 것은 내가 아니다.

진정 나를 더 행복하게 해주는 것은..
내가 아는 너로 인해 행복해지고..
너라는 상대가 있어 행복하다고 느끼게 된다.

인간의 삶이 그렇고.. 행복의 본질이 그렇다.
내가 아닌 다른 누군가가 나를 사랑해 주고..
나 보다는 다른 누군가가 나를 위해 도와주고..

믿어주고.. 손잡아 주고.. 함께 해 주고..
안아 주고.. 공감해주고.. 손뼉 쳐 주고..

함께 손잡아주고.. 함께 걸어 줄 때..
사랑을 나누고.. 사랑을 표현해 줄 때..
행복해지는 것이.. 사람의 마음이다.

그래서 나는 나를 위해 존재 하지만..
나 혼자만으로는 행복해 질 수 없다.

나를 행복하게 해주는 네가 있을 때만이
진정으로 행복해지고..
행복해지기 위해서는 반드시 네가 필요한 것이
인간이란 존재이고 행복의 본질이다.

그래서 내가 행복해지기 위해서는
너를 위해주고.. 너를 기쁘게 해주는 것이..
결국 내가 더 행복해지는 방법이다.

네가 더 즐거워지고.. 네가 더 행복해지면..
그 사람도 나를 위해.. 나에게로..
더 자연스레 다가오고 노력하는 것이..
사람의 순리이다.

그래서 나를 위해 산다는 것은..
너를 위해서 산다는 것과 같다.
너를 위해서 살기에..
나도 더 행복해질 수 있다.

그래서 나를 위해서..에서
너에게로.. 너를 위해서로.. 다가갈 때..
더 행복해짐을 알아야 한다.

이제 더 행복해지고 싶다면..

나보다는 너를 위해서 살면 된다.
그러면 저절로 내가 더 행복해진다.

굳이 되돌려 받는 사랑이 아니더라도..
사랑하는 것만으로도 행복함을 깨달을 때
행복은 두 배가 된다.

사랑을 받는 행복에.. 사랑을 주는 행복까지..
두 개의 사랑이니.. 행복도 당연히 두 배가 된다.

이제 더 행복 하고 싶다면..
나보다는 너를 위해.. 나에게서 너에게로..
그런 더 큰 사랑을 하라.
그러면 더 큰 행복감을 얻을 것이다.

그것이 나에게서.. 너에게로..
걸어갈 때 만나게 되는 행복의 길이다.
그리고 그것이 사랑이다.
그것이 인생 사랑이다.

“사랑, 그 이상의 진리는 없다.”

나이가 들수록 주변의 모든 것들이..
점점 줄어들고 짧아지고 작아졌습니다.
잠이 줄어들고.. 입맛이 짧아지고.. 열정이 작아졌습니다.

거기에 더해..
진실한 만남도 줄어들고.. 기억도 짧아지고.. 꿈도 작아졌습니다.

그런데도 딱하나.. 이상하게도..
사랑하는 사람, 좋은 사람의 소중함만은..
오히려 점점 더 늘어나고.. 길어지고.. 커졌습니다.

결국 기억에 남는 것은 나를 사랑해줬던 사람과의 아름다운 추억.. 사랑 했던 기억.. 사랑 받던 기억..
다시 떠올려도 그리운 사랑의 기억이었습니다.

나를 지켜 주고, 나를 안아주고,
나를 위해 울어주고 내 눈물을 닦아주었던 사람,
나와 함께 웃고, 나로 인해 웃고, 나에게서 웃음 짓게 만든 사람.

사랑이 느껴지는 따스한 눈빛, 부드러운 손길로..
나를 어루만져주고 긴긴 이야기를 다정히 나누었던 사람.
단지 그것만으로도 내 인생의 수십 년을 사랑으로 기억되는 사람.

평생 남는 추억은 바로 그런 좋은 사람과의 따스한 사랑이었습니다.
평생 행복함으로 기억되는 소중한 추억은 사랑 받던 기억이었습니다.

사랑은 그렇게 변치 않는 소중함으로 남겨집니다.
그렇습니다. 결국 가장 위대한 진리는 사랑입니다.

사랑이 가장 위대한 이유는 이 세상 마지막까지 변하지

않는 최고의 가치이기 때문 입니다.

그래서 세상의 많은 위인들이..
사랑의 소중함과 위대함을 가르쳤을 것입니다.
세월이 흐르고, 세상이 변해도..
결코 변치 않는 절대 진리이기 때문일 것입니다.

사랑, 그 이상의 진리는 없습니다.
더 행복 하고 싶다면.. 더 소중한 삶을 살고 싶다면..
그 누군가를.. 그 무엇인가를.. 온 마음으로 사랑하면 됩니다.

사랑하는 그 삶은 아름답습니다.
사랑하는 것만으로도 우리 삶은 행복하게 존재 합니다.
그렇게 사랑은 언제나 우리 삶을 존재하게 합니다.

세상 최고의 진리는 '사랑'입니다.
그 언제나 '사랑'입니다.

– 2019년 1월.. '강목어' 江木魚.. 쓰다..

신神도
주지 않은
사랑을 준
당신

신神도 주지 않은 사랑을 준 당신

초판 인쇄 2022년 12월 10일
초판 발행 2022년 12월 15일

지은이 강목어
펴낸이 김태헌
펴낸곳 스타파이브

주소 경기도 고양시 일산서구 대산로 53
출판등록 2021년 3월 11일 제2021-000062호
전화 031-911-3416
팩스 031-911-3417
전자우편 starfive7@nate.com